5
無職転生
異世界
真本事
理不尽な孫の手
Rifujin na Magonote
Kadokawa Fantastic Novels

瑞傑路德
艾莉絲
魯迪烏斯
人物介紹

保羅
基斯
諾倫

「不去見一下徒弟真的好嗎？」
「沒關係。」

無職轉生

5

到了異世界
就拿出真本事

Rifujin na Magonote
理不尽な孫の手
插畫：シロタカ

Kadokawa Fantastic Novels

無職轉生～到了異世界就拿出真本事～⑤

CONTENTS

「懂得敗北滋味的人，是強者。」

——The way of daring to become inoccupation.

著：魯迪烏斯・格雷拉特

譯：金恩・RF・馬格特

第五章 少年期 再會篇

第一話「米里斯神聖國」

我名叫魯迪烏斯·格雷拉特。

前世是成年人，現在的身體卻是十一歲的 Super handsome boy。

擅長魔術。

因為可以省略詠唱直接施展自己獨家改造的魔術，所以獲得他人另眼相待。

差不多在一年半前，我被災害牽連，被迫轉移到名為魔大陸的地方。

從故鄉阿斯拉王國的菲托亞領地來看，魔大陸正好位於遙遠的另一端，必須繞過半個世界才有辦法回去。

於是我成為冒險者，踏上為了歸鄉的漫長旅途。

就這樣，經過一年半。我南北縱貫魔大陸，也突破了大森林。

★★★

米里斯神聖國，首都米里希昂。

從聖劍街道上，就可以一覽這城市的全貌。

來自青龍山脈的尼古拉斯河流進閃耀著藍色光芒的格蘭湖。

格蘭湖的中央聳立著偉大的純白色「白之宮」。

尼古拉斯河繼續往前流動，沿岸可見散發出金光的大聖堂，以及反射出銀光的冒險者公會總部。

周圍是棋盤般井然有序的街景。

還有設置地點像是要包圍整座城市的七座雄偉高塔，外側則是遼闊的草原地帶……

尊嚴與調和，同時擁有兩者的這裡是世界上最美麗的都市。

節錄自《行遍世界》，冒險家，布萊迪康德著。

奇幻世界獨有的藍綠調和。

再加上會讓人聯想到江戶和札幌的整齊市容。

眼前的景象，帶來看到利卡里斯鎮時並沒有領會到的感動。

的確很美。

「哇啊……」

這個傻愣愣一直張著嘴巴的少女名叫艾莉絲。

全名是艾莉絲·伯雷亞斯·格雷拉特。她是阿斯拉王國菲托亞領地之領主紹羅斯的孫女，

也是由我負責擔任家庭教師的對象。這位大小姐極為凶猛，雖然還算肯聽我的話，卻是個只要看不順眼甚至連大總統恐怕也照打不誤的粗暴生物。不過因為會暈船，似乎只有對搭船實在無法接受。（註：部分描述是來自影集《天龍特攻隊》裡的怪頭）

「哦……」

另一個頂著光頭，瞇起眼睛的白皮膚男性叫瑞傑路德。

全名是瑞傑路德．斯佩路迪亞。

現在是光頭所以看不出來，但他的種族其實是擁有翠綠色頭髮的斯佩路德族。在這個世界，綠色頭髮的魔族被認定為恐怖的象徵。

儘管有些言行挺嚇人，不過對我們來說，他只是個喜歡小孩的大叔。

我本來以為兩人是重視實際勝於虛華的類型，看樣子美麗的事物還是能讓他們感動。

「很了不起吧？」

至於擺出得意態度這樣發言的猴子臉男名叫基斯。

他雖然是冒險者，卻是個在賭博時耍老千失手所以被關進牢裡的粗心傢伙。儘管沒有加入隊伍，不過因為他表示想一起前來米里斯神聖國，因此從大森林起就一直跟著我們。

原本我還覺得這傢伙為什麼如此自豪，一想到基斯已經看過這片光景，倒也不是無法體會他的心態。要是換成自己，我也會拿來炫耀。

「是很了不起啦，可是有那麼大一個湖泊，雨季時應該很麻煩吧？」

話雖如此，看這傢伙那麼囂張還是讓我有點不爽，忍不住吐嘈了幾句。

不過，另一方面也單純是因為我對此點存疑。

畢竟有個巨大湖泊占據了幾乎是城市中央的位置，再加上鄰近北方的大森林還會連下三個月的雨。

對這裡應該也有影響吧。

「是啦，聽說以前真的很麻煩，不過現在是靠那七個魔術塔來完美控制天候，所以才能放心把王城蓋在湖泊正中央。你看這城市沒有城牆吧？同樣是因為那些塔一直維持著結界。」

「原來如此。換句話說如果想要攻陷米里斯神聖國，必須先解決那些塔嗎？」

「別講那麼危險的發言。萬一被聖騎士那群人聽到，就算只是開玩笑也會被逮捕喔。」

「……我會小心。」

根據基斯的情報，只要那七個塔還存在，首都就絕對不會受到災害襲擊，似乎也不會有疾病蔓延。儘管我不明白是基於何種原理，不過還真方便。

「我們趕快進去吧！」

在艾莉絲興奮期待的喊聲下，我們讓馬車繼續前進。

米里希昂市內被劃分為四個地區。

北側的「居住區」。

這區是民宅林立的區域，雖然貴族和騎士團的家人所居住的地方與一般市民居住的地方多少有些差別，不過基本上只有民宅。

東側的「商業區」。

這區是聚集了各行各業的區域，有一些零售商店，但規模不大。主要是大型商會展示勢力的區域，也就是這個世界的商業區。打鐵鋪與拍賣場也位於此區。

南側的「冒險者區」。

這區是冒險者們聚集的場所。以冒險者公會總部為中心，針對冒險者提供服務的商店和旅社等一應俱全。還有過氣冒險者居住的貧民窟和賭場，因此必須提高警戒。另外，聽說奴隸市場也不是位於商業區而是在這一區。

西側的「神聖區」。

這區是居住著許多聖米里斯教會相關人士的地區。有巨大的大聖堂以及墓地，米里斯聖騎士團的總部也位於此處。

以上都是基斯一件件仔細告訴我們的情報。

我們繞了一大圈，從冒險者區進入市內。

根據基斯所言，外地人要是從冒險者區以外進出，似乎會引起不必要的懷疑而浪費更多時間。這城市還真麻煩。

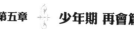

踏入城鎮內的那瞬間，混合各式氣味的空氣立刻籠罩我們。

雖然遠望起來很美，然而一旦進入內部，米里希昂和其他城鎮其實沒多少差別。

入口附近是旅社和馬廄。

繼續前進之後是整排的露天攤位，正在大呼小叫地攬客。

大街比較靠內側的地方可以看到販賣武器的商店。

在狹窄的小巷深處，應該有比一般地方要價更高一點的旅社吧。

順便說一下，從入口這邊就可以看到那個閃耀著銀色光輝的冒險者公會總部。

總之，我們先找了家馬廄寄放馬車。

打聽了一下，這裡似乎還提供幫忙把行李送往旅社的服務。

這是其他城鎮都沒有的服務。

果然在大都市裡，要是無法提供充實的這類服務，或許就無法殘存下來。

「那麼，我還有事，在這裡先走一步啦！」

確定我們把馬車寄放到馬廄之後，基斯突然這樣說。

「咦？這麼快就要說再見了？」

真是讓人意外，我原本以為他會跟我們一起前往旅社。

「什麼啊前輩，你是覺得寂寞嗎？」

「是啊，當然會寂寞。」

雖然這句話聽起來像是在挖苦，我還是老實回答。

和基斯相處的時間並不長，但他不是個壞人。在旅行時，合得來的旅伴是很貴重的存在。

多虧有基斯，我的精神壓力不知道因此減輕了多少……

而且要是他離開，以後又得吃一些乏味的食物，想到就覺得憂鬱。

「別寂寞啊，前輩。只要待在同一個城鎮裡，遲早能再見面。」

基斯聳了聳肩，伸手拍拍我的腦袋。

他正打算就這樣揮著手離開時，艾莉絲卻跳出來擋住他的去路。

「基斯！」

艾莉絲抬起下巴，雙手抱胸雙腳張開，擺出招牌站姿。

「下次見面時，你要教我做菜！」

「我不是說過不要嗎？妳真是不死心。」

基斯搔著後腦，從艾莉絲身邊走過。

接著像是很順便地拍了拍瑞傑路德的肩膀。

「那，大爺你要保重啊。」

「你也是，還有別做太多壞事。」

「我知道啦。」

於是他再度隨性揮了揮手，走向熙熙攘攘的人群。

真是個很乾脆的道別，一點也不像是曾經共處兩個月。

「啊，對了，前輩。」

在被人群淹沒之前，猴子臉突然回頭。

「千萬別忘了前往冒險者公會啊！」

「……嗯？好！」

畢竟我們必須賺錢，當然要前往冒險者公會。

只是，為什麼他現在會提起這件事？

儘管我不明白緣由，但基斯聽完我的回答之後，才終於混入人群之中。

★　★　★

首先要找好旅社。

先定下落腳處，是我們到達城鎮時會採取的基本行動。

由於在米里希昂，旅社大多位於離大街有段距離的地方，因此我們穿過小巷繼續往前走了一陣子，才來到類似旅館街的區域。看了一圈之後，我們選定其中一間旅社。

叫「黎明之光亭」。

這家旅社雖然位於稍微偏離大街的位置，不過離貧民窟很遠，治安也不差。

而且各種服務都很充實，可以說是適合C～B級冒險者的旅社。

要說缺點，有點缺乏日照大概算是一項缺點吧。

住進旅社，在房間裡整理好行囊後，如果還有時間，我們會去看看包括冒險者公會在內的城鎮各重要地點。結束後要是時間仍舊有剩，就先讓大家隨性享受自由時間，然後再回到旅社舉行作戰會議。

這就是整套的流程。

「明明可以去住更便宜的地方啊……」

艾莉絲不以為然地說道。

她的意見的確很有道理。

應該要節省開支是我總掛在嘴邊的發言。

不過，我們目前手邊還算寬裕。除了在德路迪亞村擔任警衛三個月所獲得的報酬，還有從獸族戰士長袞耶斯那裡拿到的錢，兩者加起來是七枚米里斯金幣再多一點。我們的確必須好好賺錢，可是也沒有窮到會立刻陷入缺錢狀態的地步。

所以，這點奢侈享受應該沒關係吧。

就算是我，偶爾也想睡在柔軟的床鋪上。

「別這樣嘛，有時候換一下也好吧？」

我無視不願認同的艾莉絲，走進房間。

是一間相當整齊乾淨的不錯房間。角落還擺著桌椅，更是加分。
而且房間可以上鎖，窗戶也附有百葉窗。
縱使這裡連我生前世界的商務旅館都還遠遠不及，但以這個世界的旅社來說，甚至已經可以算是完善過度。
好啦，我們住進旅社後的行動很固定。
要維修裝備，記下該補充的消耗品。然後用乾燥魔術烘乾床鋪，再清洗床單，順便打掃一番。
這些行動已經化為日常業務，不需開口指示，所有人都會默默開始動作。

完成所有工作後，太陽已經下山，周圍也變暗了。
大概是因為我們是在中午過後才到達這城市。
雖然今天已經沒有時間前往公會，不過就算晚個一兩天才過去，其實也不怎麼要緊。
我們在旅社隔壁的酒館吃完飯，然後回到房間。
三個人圍成圓圈坐下，看著彼此。
「那麼，現在開始舉行『Dead End』小隊的作戰會議。這是到達米里斯首都後的第一場會議，大家振奮一點吧。」
我說了「鼓掌」並率先拍起手，艾莉絲和瑞傑路德卻回以隨便應付的掌聲。

這兩人真不配合，不過算了。

「好啦，我們總算來到這裡了。」

首先，我感慨萬千地講出這句話。

真是一段漫長的旅途。在魔大陸上花了一年多，在大森林裡度過四個月。

花了長達一年半的時間，我們總算，終於，到達人族居住的領域。

已經通過了危險地帶。從這裡開始的道路經過人工整頓，路面也很平坦。和過去相比，即使認定為安全也不算言過其實吧。

不過基本上，剩下來的距離還很遙遠。

從米里斯到阿斯拉，有著幾乎等於繞行世界四分之一的距離。就算路程再怎麼好走，也不代表距離會跟著縮短。我想，果然還是要花上一年左右吧。

如此一來，最大的問題是經費。

「總之，我想暫時留在這個城鎮裡賺錢。」

「為什麼？」

我仔細回答艾莉絲的提問。

「和之前經過的魔大陸與大森林相比，人族領域的物價比較高。」

我回想起至今為止調查過的物價行情。

雖然沒能調查贊特港的行情，不過我還記得魔大陸整體的物價水準與旅館街的物價水準。

相較之下，米里斯神聖國和阿斯拉王國的物價比較高。

若以魔大陸的住宿行情為基準，這間旅社的要價也貴得讓人眼珠子快掉下來。

這是因為人族特別貪婪，所以比其他種族更重視貨幣這種東西。

「米里斯的貨幣價值很高，僅次於阿斯拉王國，在世界上是第二名。雖然物價高，但聽說委託報酬也高。與其像在魔大陸上那樣，每到一個城鎮就停留一星期賺錢，我認為在這城市待一個月專心賺錢的效率應該會比較好。」

米里斯的貨幣價值高，就代表只要先在米里斯賺夠將來需要的金錢，那麼通過中央大陸南部時，大概就不會因為缺錢而煩惱。

「而且，也不知道斯佩路德族要搭上船會需要多少錢。」

我一提到船，艾莉絲就換上明顯的厭惡表情。

大概是回想起暈船的狀況吧。

雖然對她來說是討厭的回憶，對我來說卻是美好的記憶。我有好幾次都是靠著回想起那時的艾莉絲來處理一下。

「先在這裡存錢，再一口氣移動到阿斯拉王國。或許沒辦法幫斯佩路德族做正面宣傳……瑞傑路德先生，這樣沒關係嗎？」

「嗯。」

瑞傑路德點了點頭。

沒錯啦，幫斯佩路德族宣傳是我自己願意做的事情。

以我個人來說，其實很想更穩定下來，為洗刷斯佩路德族的汙名多盡一份心力。

花個半年……還是一年？既然這裡是大城市，影響力想必也相對較高。

然而，光是來到此處就耗費了一年半的歲月。

一年半並不短，我不想花更多時間。

仔細想想，我已經一年半杳無音信。保羅他們想必也在擔心。

不知道大家怎麼樣了……

啊，話說回來我還沒寄信。一直想說要寄要寄，卻因為一堆事情而忘了。

寄信嗎……好。

「明天就放假一天吧。」

關於「假日」這種概念，至今為止已經用過了好幾次。

一開始是因為擔心艾莉絲才安排這種制度，結果從中途開始，就變成是為了讓自己能夠休息。

艾莉絲根本沒有表現出疲態，瑞傑路德也是個硬漢。沒出息的軟弱傢伙是我。

當然，要是和生前相比，我算是頗有體力。儘管比不上他們兩人，但也有這世界一般冒險者的水準，所以並不是肉體感到疲勞。

而是精神上的問題。

或許是對殺死生物的行為還有排斥感吧，每次殺死魔物都會讓我累積奇妙的精神壓力。

但是基本上，這次並不是因為疲勞才要休假。而是因為如果要收集情報，前往公會確認有哪些委託，然後再處理雜七雜八的事務，我肯定會不小心又忘了要寄信。

至今為止都是這樣。

所以這次為了不要忘記，我要把明天一整天都拿來寫信。

「魯迪烏斯，你身體又不舒服嗎？」

「不，這次是有其他事情。我想寫個信。」

「寫信？」

我點頭回應艾莉絲的提問。

「對，要寫信傳達我們平安無事的消息。」

「喔……算了，交給魯迪烏斯你處理就沒問題吧？」

「嗯。」

沒錯，明天要來寫信。來一邊回憶布耶納村的種種，一邊寫信給保羅和希露菲吧。

雖然保羅有說過禁止我在擔任家庭教師的時期寫信回家，但現在畢竟是這種狀況，保羅也不可能有什麼反對意見。

送出的信件能順利寄到的可能性並不高。

和洛琪希在阿斯拉與西隆之間書信往來時，七封會寄丟一封。

所以，那時我會分開寄出好幾封內容相同的信。

這次也這樣做吧。

「你們兩人打算怎麼辦？」

「我要去討伐哥布林！」

聽到我開口發問，艾莉絲這樣回答。

「哥布林？」

講到哥布林，就是那個哥布林嗎？

尺寸大概只有半個人高，會裝備棍棒等武器，皮膚呈現黃綠色，繁殖力旺盛，有高機率會出現在奇幻系的色情遊戲裡，立場類似A片射精男配角之類的那種生物。

「我剛剛在城鎮裡有打聽到這一帶會出現哥布林！既然身為冒險者，至少要看看哥布林是什麼樣子！」

艾莉絲幹勁十足地回答。

雖然我剛剛裝傻，其實在旅途中就已經聽說過關於哥布林的情報。

所謂的哥布林，在這個世界是等同於老鼠的存在。

繁殖力強大，而且會對人類不利。基本上能夠聽懂語言所以被分類為魔獸，然而儘管能聽懂語言還是按照本能生存的個體卻占了多數，因此要是增加（似乎）就會遭到驅除。

「我明白了。瑞傑路德先生，麻煩你擔任護衛……」

「只不過是哥布林，我一個人也沒問題！」

艾莉絲打斷我的發言，如此大聲主張。

一臉無法認同的表情。

「……」

該怎麼辦呢？

艾莉絲很強。以層級來看，哥布林應該是E級冒險者就可以對付的敵人。

因為魔大陸上沒有哥布林所以我還沒有實際看過，不過有聽說過那是稍微練過劍術的小孩就能打倒的對手。

相較之下，艾莉絲有實力和B級的魔物對等相戰。

要瑞傑路德擔任她的護衛，或許真的是保護過度……

可是，女性冒險者一旦敗給哥布林，只有性奴這種下場。

儘管我並不清楚這世界的哥布林，但是生前世界裡的哥布林基本上都是那樣。如果我是哥布林，而且還很好運地成功讓艾莉絲失去意識，那麼一定能過著每天都很充實的哥布林生活。

無論是誰都會那樣做，包括我自己也是。

我知道十有八九沒問題。

可是啊，凡事都有個可是。

萬一在我沒顧著艾莉絲時讓她碰上那種事，我哪有臉去見基列奴和菲利普。

「魯迪烏斯。不要緊，讓她試試吧。」

我正埋頭苦思，瑞傑路德伸出援手。

真是難得。

這一年半以來，瑞傑路德把針對各式各樣敵人的戰法都傳授給艾莉絲。

雖然他的教導方式對我來說難以理解，艾莉絲卻有好好學會。

既然這樣……真的沒問題吧。

「好吧。艾莉絲，就算對手很弱，也絕對不可以粗心大意。」

「我當然不會！」

「還有請確實準備好以後再行動。」

「我知道！」

「一旦遇上危險，要立刻迅速逃走。」

「就說我知道嘛！」

「萬一陷入緊急狀態，就抓住對方的手，大喊『這個人是色狼』……」

「你很煩耶！只不過是討伐哥布林，我也可以辦到！」

我把艾莉絲惹火了。

儘管心裡還殘留著不安，這次還是相信百戰勇士（瑞傑路德）的發言吧。

「既然這樣，我沒有什麼特別要說的話。請妳好好加油。」

但是就算有雞蛋，也沒有白飯和醬油。

和阿斯拉王國相同，米里斯神聖國的主食似乎也是麵包，沒看到市場上有賣米。

不過基本上，我已經確認過這世界有米。以米作為主食的地區，是從中央大陸北部往東部那一帶。

洛琪希寄來的信件上有提到西隆王國也有米。

聽說主流的吃法是混合肉、蔬菜、海鮮等配料，做成類似炒飯還是海鮮燉飯的料理。

不過，在那一帶似乎沒有養雞。

不知道是因為氣候不合還是因為沒有雞，總之要取得雞蛋似乎很難。

另外，我還沒見過醬油。

根據植物辭典，好像有非常類似黃豆的植物，但是沒有人嘗試過把那種植物拿來發酵並加工成醬汁。

不，我想只要去找應該會有。畢竟這世上有雞蛋也有稻米。

總有一天，我要拿到這些材料，然後品嚐ＴＫＧ（生雞蛋拌飯）。

雞蛋的衛生狀態不是問題。因為就算吃壞肚子，也只要用解毒魔術治療就可以了！

完成市場調查也買好信封信紙後，我在回到旅社的路上順便思考信的內容要怎麼寫。

仔細想想，這是我第一次寄信給保羅和希露菲。

是不是該提一下在伯雷亞斯家發生的事情……不，比起那些，說明自己還活著的報告更重要。

寫被轉移到魔大陸後的經歷就可以了吧。

回想起來，真的發生了很多事。

和斯佩路德族一起旅行，遇上魔界大帝，在獸族的村落度過三個月……

他們會相信嗎？

不管他們會不會相信，我還是要把事實都寫出來。只不過至少他們一定不會相信遇上魔界大帝而且獲得魔眼的這一段。

講到獸族的村落，不知道基列奴是否平安無事？她應該也遭到轉移。

可是她那麼強，除非轉移到哪個真的很奇怪的地方，否則大概不要緊吧……

還有關於轉移，轉移之光從要塞都市羅亞往外擴張。也就是說或許伯雷亞斯家的人們也轉移了。

菲利普、紹羅斯、希爾達，還有管家阿爾馮斯和女僕們。

感覺紹羅斯爺爺無論去到什麼地方都能很有精神地大聲說話，但是……

「真讓人擔心啊……」

我一邊自言自語，一邊走進狹窄小巷。

米里希昂裡有很多這種小巷。

雖然從遠方看起來呈現漂亮的棋盤狀，然而因為長期以來的建設與拆除，建築物的大小和

位置都逐漸略有偏移，才會形成這種細長又陰暗的小巷。

不過大概是因為採用棋盤式規劃，不必擔心迷路。

因此我稍微抄了點捷徑，走向不同的路線。

說不定能發現戀人小徑之類的地方。

我們家的紅髮丫頭雖然粗暴，不過看樣子還是擁有能確實欣賞美麗事物的感性。既然要在這城市待一個月，想必有機會出來約個會吧。

我的作戰就是要在那時候帶她前往哪個美妙景點，藉此提昇好感度。

當我正忙著盤算這種事情，卻看到約有五名男子腳步匆忙地從狹窄小巷的另一頭往這裡走來。

對方的外表看起來不像冒險者。若真要分類，比較像是城鎮裡的地痞流氓。

服裝帶點企圖威嚇他人的風格，如果要用一句話來形容，就是很年輕。

不過，這麼多人一起擠進狹窄巷子裡的行為讓人難以認同。

走在路上必須懂得互相禮讓。就算我是個頭不大的小孩，像他們那樣占滿整條路的走法，還是會撞上彼此吧。在這種情況下，應該要排成一列縱隊並把視線朝往斜下方，雙方都互相禮讓……

「閃開！」

我很聽話地把身子貼牆站好。

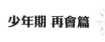

不，希望大家別誤會，我只是想避免不必要的衝突。

他們似乎在趕路，但我又不急。

並不是因為這些人看起來很凶狠才避開。

是真的，我沒有說謊。也完全沒有被嚇到。

而且，人不能用外表來判斷。例如看起來像是小混混，實際上卻是出了名的劍豪；或是對自身實力太有自信而指責對手的暴力行為，卻碰上了狂亂的貴公子，結果下場是Dead End……

這些狀況都有可能發生。

畢竟，這是個連「在路邊快餓死的小女孩其實是魔界大帝」這種事情都成為事實的世界。

嗯，避免不必要紛爭是最好的選擇。

我原本這樣想，卻在一行人擦身而過的瞬間，注意到中間那兩人抱著一個麻袋。

動用兩個人一起抱在腋下的那個麻袋裡露出一隻小小的手。

裡面，恐怕裝著一個小孩。

（……又是綁架集團嗎？）

這世界的綁架集團真的很多。

只要一逮到機會，犯罪者就會對小孩子下手。

不管是阿斯拉王國、魔大陸、大森林，還是米里斯神聖國，到處都有這種綁架犯。

根據基斯所說，綁架似乎很好賺。

現今的世界上雖然有些紛爭，不過基本上算是和平。講到奴隸，頂多只會從中央大陸的中部和北部流通一些過來，然而想要奴隸的人卻很多。

尤其是米里斯神聖國與阿斯拉王國這種比較有錢的國家特別顯著。在這些國家中，存在著想擁有奴隸的富裕階層。

簡單來說，就是供給跟不上需求。

只要能擄到人，就可以賣到高價。因此綁架集團不會消失。想撲滅這種犯罪，似乎只能等大規模戰爭爆發。

好啦，被抓的對象是小孩子嗎？

既然由五個人來搬運，代表這應該是有計劃的犯行。所以被裝在麻袋裡的小孩可能是有名人物的公子或小姐……

老實說，我不太想牽扯進去。

畢竟幾個月前才剛發生過因為出手救了小孩，反而被誤認為犯人同黨，還被關進牢裡的倒楣事。

那麼，要束手旁觀嗎？

不，我怎麼可能會那樣。綁架集團不會從這世界上消失，跟自己曾經因為救人而遭遇不幸經歷，以及不出手幫助小孩……全都是各自獨立的事情。

「Dead End」守則之一，不可以對小孩見死不救。

「Dead End」守則之二，絕對不可以對小孩見死不救。

「Dead End」是正義的一方，當然要擊退惡人，平等地救出所有小孩。

就是要這樣慢慢宣揚斯佩路德族的正面名聲。

所以我跟蹤了這五人。

★ ★ ★

我的隱密行動技能已經升級，是因為在德路迪亞村時為了接近艾莉絲她們而鍛鍊起來的嗎？

五個人都沒有察覺遭到跟蹤，最後走進一間倉庫。

真是些粗心大意的傢伙。要是想發現我，記得好好鍛鍊嗅覺。因為只要能聞出發情的味道就可以把我直接逮個正著。

這間倉庫也位於冒險者區，比起我們落腳的旅社，這地點更深入僻靜。

沒有面向大街，只能從狹窄的小巷子進入。

馬車當然進不來，再加上路這麼窄，所以大型貨物也無法通過。坐落於一片無用的空間裡，讓人很想把負責人叫來質問為什麼會在這種地方蓋倉庫。

恐怕是因為倉庫建好之後才又蓋了周圍的建築物吧，也就是所謂土地重劃所造成的弊害。

我一邊思考這些無關緊要的事情，同時確認那些傢伙全都已經進去，才繞到倉庫後方。

接著使用土魔術抬高自己的身體，從採光窗闖入倉庫。

我躲進被隨便堆放的木箱之一，窺探目前狀況。

五人討論著各式話題。

隔壁酒館裡似乎有大批同夥，可以聽到他們在說工作結束了要去叫哪個人過來。

要在他們叫人來之前就把事情解決？還是要先確認過同黨的長相，再動手只救走小孩？

我當然會選擇後者。

所以，要暫時躲在這木箱裡待機。

不過因為很暗所以沒能好好確認，這裡面到底裝著什麼？

我知道是布類，但說是衣服好像又有點太小。只是很不可思議，被這些東西包圍會讓人感到安心。

我試著拿起其中一件，發現自己對這觸感跟形狀都有印象。

縫製後呈現立體形狀的這個布製品開了三個洞，只有其中一部分採用兩層構造，而且那部分還沒來由地給人某種很美好的感覺。

「……呃，這不是內褲嗎！」

「什麼人！」

糟……糟了！我被發現了！

可惡，居然準備了這種陷阱，實在卑鄙。

「躲在木箱裡面嗎？」

「快滾出來！」

「喂，你去叫團長他們過來！」

不妙，在我拖拖拉拉時，他們去召集同夥了。

這下要改變計畫。好，迅速救出小孩然後迅速逃走，就這麼辦。問題是我的臉會被對方看到。

不，這不成問題，因為手邊就有面具。

嗚喔喔喔喔喔！心情真是 Ecstasy ！……我只是開開玩笑啦。

為了掩飾真實身分，我原本想把長袍也一併脫掉（Cloth out）。不過仔細想想，我只是為了買東西而出門，本來就沒有穿長袍，魔杖也沒帶在身上。（註：「心情真是 Ecstasy」還有「Cloth out」都出自於漫畫《瘋狂假面》）

好，就這樣上吧！

「嗚喔！」

「這……這傢伙居然把內褲套在頭上……」

「是個變態……」

登場，順便嚇嚇這些傢伙。接下來要講台詞。

「把年幼兒童從保護者身邊強行帶走，作為滿足自身醜惡欲望之糧的傢伙們！要知道自己的行為很可恥！人們，將這種行為稱為……『綁架』！」

我模仿了某位正義的大哥哥。（註：出自動畫《機器勇士（マシンロボ クロノスの大逆襲）》主角「萊姆（ロム・ストール）」的登場慣用台詞）

「你……你是什麼人！」

「我是『Dead End』的瑞傑路德！」

「什麼！Dead End？」

啊……糟了，不妙！

一時大意就按照平常的習慣報上名號，明明現在是不可以暴露身分的場面。

對不起，瑞傑路德先生。從今天起，你就是個在臉上套著內褲救人的變態！

不過你放心，我會確實救出那孩子！

「你們這群綁架犯！都是因為你們，剛剛有一個男人被冤枉了！我絕對不會原諒你們！」

「喂！小鬼！想扮演正義使者給我閃別的地方去演！我們其實是……」

「不必狡辯！Sunrise Attack！」

「嗚啊！」

總之，我射出岩砲彈（Stone Cannon）。

先下手為強果然是對的。回想起來，從變態蘿莉控大叔的魔手中救出魔界大帝時，我也是像這樣先發制人。
「看招看招！」
「嗚！」
「呃！」
迅速讓四個人失去意識後，我趕往少年身邊。
「你沒事嗎，少年！嗯？原來昏倒了啊……」
我覺得自己好像在哪裡看過這少年。
真的很眼熟……咦？是在哪裡看過啊？我想不起來。
算了，現在沒空管那種事情。要是不快點行動，敵人的援軍就會趕來……才剛這樣想，倉庫入口已經接二連三地出現一群男子。
「嗚喔！大家都被打倒了！」
「雖然是個小鬼卻很有實力！快點去叫團長他們過來！」
「可是團長今天喝了不少！」
「那個人就算喝了酒還是很強！」
有兩個人離開，跑向倉庫外。
已經來了十個人以上，看樣子還會再出現更多增援。
不妙，真的很不妙。說不定當初還是該丟下這孩子不管才對。

或是等到明天再找瑞傑路德商量……不管怎麼樣，我已經失敗了。

現在只能打倒所有人，突破包圍。

「這傢伙是怎麼回事？居然把內褲套在頭上。」

「該不會是來偷內褲的賊吧？」

「意思是這傢伙是女性之敵？」

仔細一看，對手裡混著幾名女性。

對不起，瑞傑路德，我真的很對不起你。

我一邊在心裡全面謝罪，同時開始戰鬥。

幸好這些傢伙並不強。對於那些不管三七二十一直接衝過來的人，我祭出岩砲彈迎擊。他們無法閃避我的魔術，大部分都一擊倒地。

而且這些人沒有武器，似乎也沒有魔術師。輕輕鬆鬆就能獲勝。

「沒……沒辦法靠近！」

「那是怎麼回事？對方使用了魔力附加品嗎？」

「團長還沒來嗎？」

解決差不多一半人之後，剩下的傢伙們開始慌張了。

看樣子有機會突破……我才剛這樣判斷——

「團長馬上就來！撐到那時候吧！」

兩名女性從入口闖進倉庫。

一個是穿著比基尼型鎧甲的女戰士，另一個是穿著長袍的魔術師。

是增援嗎……來得真快，不過同夥似乎待在隔壁的酒館，當然很快。

因為身上的比基尼型鎧甲，只有女戰士的裸露程度高得異常。連在魔大陸上，我也沒見過這種活像暴露狂的女性。其他女性都有確實穿好長袍之類的衣服，只有這個人特別顯眼。

可惡，她到底是什麼人？我沒辦法移開自己的視線！

「由我來想辦法因應！雪拉，提供支援！」

「是！」

比基尼鎧甲從腰間拔出劍，衝向我這邊。

身穿長袍的魔術師在她背後舉起杖……啊，糟糕，比基尼小姐的胸部正配合著步伐激烈晃動。

晃動得那麼厲害，感覺都快掉出來了。

真奇怪，比基尼型鎧甲的功能之一應該是把胸部固定住，以免妨礙到戰鬥才對。這種樣子不就失去意義了嗎？

往右搖，往左晃……喔喔，好驚人！

左右搖晃的胸部逐漸接近，先往下沉之後再往上……

「喝啊啊啊啊啊！」

等我回神時，女劍士已經在我眼前揮劍往下砍。

「嗚哇！」

千鈞一髮之際，我翻身一滾，避開她的斬擊。

好……好險啊！

可惡，這傢伙是怎樣？

這身打扮想來是為了誘惑敵人吧？

這時，不明顯的說話聲傳進我的耳裡。

「——清涼之淺流在此顯現『水彈(Water Ball)』！」

是魔術的詠唱！

會受到水彈的攻擊！

「嗚！」

我反射性地把手朝向發動攻擊的魔術師。

使出的魔術是岩壁(Stone Wall)。

利用砂或土來擋下並吸收使用水的魔術！算是一種反制。

我一邊完成魔術一邊看向對方，只見那個魔術師的杖朝著這邊，而且前端正在高速擊出一團水球。

水彈幾乎是一射出就撞上我製造的岩壁，發出簡直不像是水聲的巨大破裂聲然後四散，水花也濺向周圍。

「什……什麼！」

我聽著魔術師充滿動搖的喊聲，同時回頭望向先前的比基尼鎧甲。

「！」

只見巨乳隨著離心力晃動，彷彿隨時都會從比基尼中掉出來。

好像看得到……！

「喝啊啊啊！」

充滿氣魄的喊聲讓我回神，又靠著滾動閃開。

接著順勢邊拉開距離邊起身。

比基尼鎧甲保持把劍用力砍向地面的姿勢，惡狠狠地瞪著這邊。

「居然像蟑螂一樣逃跑……！你這個變態！」

開口怒斥的她提起劍重新舉在身前。

大概是已經放棄靠衝勁來攻擊的戰法，比基尼鎧甲開始一點點移動腳步，縮短彼此間距。

我也配合她的行動慢慢往後退……啊，因為她把劍舉在前方所以胸部被手臂夾住，形成乳溝。

啊啊，混帳！不行啊，這是陷阱！

我的視線受到誘導！

這樣根本無法正常應戰。

雖說女戰士和魔術師的實力都沒什麼大不了，但再這樣下去可不妙。

萬一果實真的滾出來，我肯定會成為她的劍下亡魂。

可惡，我的弱點到底是從哪裡洩漏出去的……！

不，不是那樣。

只是我自己因為胸部而分心，大概不是那傢伙的戰術。

可是，這下該怎麼辦？

要是不想個什麼辦法讓對方把胸部收起來，根本沒辦法好好應戰。

希望她也能順便把下面那個大部分都外露的屁股也一併藏起。

要怎麼做才能讓對方把身體遮住呢？要是講些類似大叔的發言，是不是就能讓對方感到害羞而遮住呢？不，如果她是故意打扮成那種樣子，說不定會造成反效果。

「喝！」

……對了我想到了！北風和太陽！

以前北風和太陽曾經比賽過看誰能夠讓旅人脫掉衣服。

北風刮起冰冷強風想把衣服吹掉，但是旅人反而把衣服穿得更緊。

相較之下，太陽則是靠著提高氣溫來增加旅人的體溫，讓旅人自己願意脫下衣服。

換句話說只要提高室溫，就能讓那個比基尼……

不對，不能讓對方脫掉。

好，要用冷氣。

「你已經無路可逃了！」

聽到這句話，我回頭一看，只見倉庫的牆壁就在眼前。

然而，我已經定出戰術。

於是我不發一語，舉起雙手朝向女戰士。

「『冰結領域（Icicle Field）』。」

把魔力灌注到右手上的那一瞬間，冷氣在倉庫內部急速擴散。

溫度一口氣降低了三十度，一剎那就把倉庫內化為極寒之地。

「什……什麼！」

女戰士的雙臂都冒出雞皮疙瘩。

我繼續把魔力灌注到左手上。

「『突風（Blast）』。」

我的左手吹出狂亂暴風，把女戰士打飛出去。

她在倉庫的地面上翻滾，被推回入口附近。

這正是混合魔術「寒冷突風（Bora Blast）」。

「哈啾！」

雖然冷到連我自己好像也會感冒，不過效果拔群。

女戰士的體溫被迅速奪走，打著哆嗦要求其他團員把上衣給她。

這樣一來，已經沒問題了。

只要那難以對付的凶惡胸部被遮住，我就不會敗北。

趕快讓所有人都昏過去，突破這次危機吧。

「好！讓大家久等了！」

這時，那傢伙出現了。

一個男子大搖大擺地站在倉庫入口。

我好像在哪裡看過這個人，他的長相讓我感到懷念……

不過，我想不起來是在哪裡見過。

「嘖，居然那麼囂張地隨便亂來。嗝……你們別出手。對付一個小鬼何必用到那麼多人，我一個就夠了。」

他對自己的實力似乎很有信心，但看起來醉得很厲害。從遠方也能看出他腳步踉蹌，臉色泛紅。

話說回來，這張臉真的讓我覺得在哪見過。

褐色的頭髮，有點垃圾人的感覺都多少有點像保羅……對了，聲音也和保羅很像。

要是保羅整個人消瘦下來，表情也失去從容，大概就會變成那樣吧。若要認真攻擊，這張臉會讓我有點猶豫。

可是，保羅不可能待在這種地方。

「你這傢伙居然敢對我的團員隨便出手，應該已經做好心理準備了吧！」

站在最前面的男子充滿氣勢地開口放話，伸手拔出兩把劍。

二刀流嗎？這傢伙恐怕是個高手水準的劍士。和剛才的女戰士相比，可以感覺到高了好幾級的氣勢。

岩砲彈有辦法對付嗎？

不，問題是要殺了他好像有點……

我正在猶豫，男子已經衝了過來。

「……嗚！」

慢了一步的我反射性地使出岩砲彈。

男子的反應很快，他斜舉右手的劍，順勢撥開岩砲彈。

「是水神流嗎！」

「不只水神流！」

對方往前踏，我下意識性地施展衝擊波，往後方一跳。

「哼！」

「哎呀！」

我利用預知眼，邊看著未來景象邊閃避。

男子的劍雖然快，腳步卻不太穩定。

大概是因為喝醉了吧，這樣的話應該能夠對付。

「嘖，動作真像是那傢伙……維拉！雪拉！出手幫忙！」

先前的比基尼鎧甲女戰士和穿得像魔術師的女性往前站。他剛剛不是說要一個人對付我嗎？真沒男子氣概！

穿上外套的比基尼鎧甲繞向我的側面，魔術師則開始詠唱。

不妙。

男子的攻擊很激烈，光是要閃避就已經用盡全力……不過我還有辦法。

「哇！」

「嗚！」

我使用跟獸族學來的聲音魔術，讓男子只有一瞬間暫停動作，然後趁此機會放出衝擊波把他打飛。

「岩砲彈！」

我一邊靠眼角餘光確定男子確實被打飛，一邊朝著魔術師發射岩砲彈。

接下來利用預知眼，對砍向自己的比基尼使出反擊式攻擊。
正在集中精神詠唱的魔術師被岩砲彈打昏。
比基尼雖然踉蹌幾步，不過似乎還不要緊，眼神銳利地瞪著我。
然後，男子也再度逼近。
「雪拉！你這傢伙竟然敢做這種事！」
看到男子衝過來，我製造出泥沼妨礙。
他很糗地被泥沼絆住，摔倒在地。
「團長！」
不可以分心看其他地方喔。我當然沒把這句話說出口，只是默默地射出岩砲彈。
「啊……！」
比基尼女也失去意識。
「維拉！混帳！」
男子將一把劍插回劍鞘，用嘴咬住另一把。
我啟用預知眼。
〔男子手腳並用地衝了過來〕。
這傢伙是狗嗎？
我使出岩砲彈迎擊，同時往後退試圖拉開距離。

然而這裡是狹窄的倉庫，沒有東西能阻止他靠近。

「喝啊啊啊！」

保持手腳著地姿勢的男子扭動身體跳了起來。

然後在這種跟動物沒兩樣的動作下拔出腰間那把劍。

接著讓身體從奇妙的姿勢大幅轉動，使出斬擊。這一擊很犀利！

〔同時，他把咬在嘴上的劍換到左手上，反手砍出一劍〕。

奇妙的攻擊。

超出我能預測的範圍。要是沒有預知眼，我恐怕無法避開這次攻擊吧。

他的斬擊掃過我的鼻尖，鼻子傳來一陣刺痛。

「……」

心臟也開始猛烈跳動。

雖然我沒有殺死對方的意思，這傢伙卻想殺掉我。

直到現在，我才察覺這種理所當然的事實。

要是自己不認真應戰，就會被殺。

這樣想的我壓低姿勢。

回想起曾和瑞傑路德……還有跟艾莉絲進行過的訓練。

如果真要比較，眼前這男子跟野獸沒兩樣的行動，比較類似瑞傑路德認真起來的動作。

然而這傢伙的身手沒有瑞傑路德那麼厲害。

只是比較出人意料，應該能夠對付。等他下次攻擊，我就要利用反擊……計畫到這邊，我才注意到男子已經停止動作。

定睛一瞧，原本蓋住臉孔的內褲掉在地上。

糟糕，臉被看到了……

「你……是魯迪嗎……？」

魯迪。會這樣叫我的男性只有一個。

而且，那充滿訝異的聲音並不是混著怒意的醉漢尖銳吼聲，而是非常熟悉的聲音。

「……父親大人？」

★★★

很久不見的保羅．格雷拉特已經徹底改變。

他的臉頰瘦削凹陷，黑眼圈明顯，鬍鬚沒剃，頭髮亂七八糟，呼吸帶著酒臭味，整體看起來就是一副頹廢樣。

和我記憶中的保羅完全不同。

第二話「保羅經歷的一年半」

★保羅觀點★

當我醒來時，發現自己身在一片草原裡。

草原……的確只能形容成草原。奇妙的是儘管這草原平淡無奇，我卻對這地方有印象。

花了幾分鐘思考這裡是哪裡後，我很快想出答案。

這裡是阿斯拉王國的南部，過去待過的城鎮附近。

當時是在那城鎮裡學習水神流……也就是說，這裡是莉莉雅的故鄉附近。

我很自然地認為這是一場夢，因為自己不可能來到這種地方。

話說回來還真是讓人懷念，那時待了多久？是一年？還是兩年？

只記得時間並不長。

其他還有記憶的事情都和道場有關，還能回想起師兄弟們。

那是一群只有嘴巴厲害，讓人滿心反感的傢伙。

還打壓擁有才能的我，嚴令我絕對不可以超越他們。

我痛恨所謂的上下關係。

當初會離家出走，也是因為受到父親的打壓。

不過就算是那樣，父親還是聊勝一籌。因為不管怎麼說，他都具備不容我分說的力量。

但是那些師兄弟們並沒有實力，而是一群只有嘴巴和自尊心特別發達的泛泛之輩。

程度低到當我到達中級的領域時，他們還只能在初級的出口附近徘徊。

就連道場主人頂多也只是水神流的上級劍士，是個把自身無能放一邊去，整天只會主張精神論的老廢物。

我一直在想，總有一天要讓那些傢伙見識到自己的力量。

不過到最後，我還是沒能達成這個目標。

因為對很多事情都無法繼續忍耐，我報復性地對莉莉雅下了手，然後逃走。

雖說我原本就對莉莉雅抱有邪念，不過也是為了要踐踏那些傢伙都很珍視的東西。

從我逃走的隔天起，那些傢伙拚命地到處找我。

我則是逃亡到國外，就像是在嘲笑他們。

回想起來，當時的我也是個小屁孩。

儘管師兄弟們確實不重要，但是我做了對不起莉莉雅的事情。

「……唔。」

吹起一陣風。

眼睛裡進了灰塵，我皺起眉頭。這時，有人拉了拉我的衣襬。

「爸爸……這裡是哪裡……？」

「嗯？」

一回神才注意到諾倫被我抱在胸前。

看著我的她露出不安表情。

這時我總算發現自己穿著室內服站在草原裡。腳底可以感覺到地面，懷中有諾倫的體溫。

——這不是夢。

「……怎麼回事？」

我不明白自己為什麼會在這裡。

如果只有一個人，大概會一直認定自己是身處夢境吧。

但是，諾倫在我的懷裡。

三年前才出生的諾倫，小小的諾倫，我可愛的女兒。

我很少抱女兒。因為我的目標是要成為一個嚴格的父親，所以一直避免彼此有肢體接觸。

這樣的我為什麼會抱著諾倫……

……對了，我想起來了。

剛剛，我還在家裡跟塞妮絲她們閒聊。

「女兒長大以後會不願意和父親接觸，你最好趁現在多抱抱她。」

「不不，我想成為有威嚴的父親。跟魯迪烏斯不同，諾倫似乎是個平凡的孩子，必須讓她認為我是偉大的父親。」

「那樣不是和你討厭的公公一樣嗎？」

「……也對。那，還是讓我抱抱她吧。」

就是這種沒啥特別的閒聊。

莉莉雅則在旁邊教導愛夏。

她似乎想讓愛夏接受英才教育，我認為應該讓小孩子更自由自在地成長而表示反對，然而卻在氣勢驚人的莉莉雅堅持下被迫接受。

愛夏成長得很快，教什麼都能立刻記住，也很早就學會走路。或許該歸功於莉莉雅的教育，但愛夏優秀到甚至讓我擔心諾倫會不會是發展遲緩。

莉莉雅宣稱：「愛夏還比不上魯迪烏斯少爺，而且諾倫小姐那樣才是普通狀況」。

無論普通還是異常都無所謂，只是一想到諾倫將來必須面對優秀哥哥和優秀妹妹的包夾，就覺得她有點可憐。

當我正在想像那種狀況時。

突然被白色光芒包圍。

嗯，我還記得，記憶沒有中斷。證據就是諾倫被我抱在懷裡。

我把早就已經會走路的諾倫抱在胸前。

……所以我瞬間想通，看樣子的確發生了什麼事。

「……爸爸？」

諾倫看著我的臉，語氣裡帶著不安。

「別怕。」

我溫柔地摸摸她的頭，抬眼觀察四周。

沒看到塞妮絲和莉莉雅的身影。她們就在附近嗎？還是只有我被轉移到別的地方？

那麼，為什麼諾倫和我在一起？

……這種狀況似曾相識。

跟我在迷宮裡只中過一次的凶惡陷阱，也就是不小心踩上轉移魔法陣那次很像。

當時幸好只轉移到不遠處，但是被我反射性拉住衣襬的艾莉娜麗潔真的動了火氣。

因為那是運氣不好就會立刻喪命的陷阱。

全都要怪擔任斥候的猴子沒能事先發現陷阱，我才會不小心踩中……

不過那種事情不重要，總而言之，所謂轉移會讓接觸到的對象瞬間移動。

所以被我抱著的諾倫才會跟著一起過來。

可是，為什麼會發生這種事？

太突然了，下手的人是誰？

老實說，我在各地都有敵人，還做過即使有哪個人跑來對我做什麼都不意外的壞事。

然而，轉移必須另當別論。因為轉移魔術沒有詠唱咒語。

所以必須使用魔法陣或魔力附加品。

轉移用的魔力附加品在全世界都是禁制道具，轉移魔法陣的技術也被指定為禁術，失傳已久。

光是為了找我一個人報仇，為什麼有必要冒這麼大的風險？

而且，為什麼要把我傳送到這種什麼都沒有的地方……

難道犯人是當初的門生之一嗎？

對當時的事情還懷恨在心，為了搶走莉莉雅，所以把我轉移走？

選這個地方是意圖嘲諷。說不定等我回到家裡，會看到塞妮絲與莉莉雅正在被下賤的男人們侵犯。

可惡！那些傢伙的確有可能幹這種勾當。

「那個……爸爸……」

「別擔心，諾倫。我們馬上回家吧。」

我講出這種反而像是在說服自己的發言，然後動身前往城鎮。

幸好為了以備萬一，我在劍鞘的支架裡藏著阿斯拉金幣。

也因為在冒險者時代就養成習慣，我隨時隨地都佩著劍，連睡覺也不會解下，只有跟女人上床時是例外。

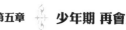

劍鞘的支架裡還放著冒險者卡片。

就是為了因應這種情況。

我前往冒險者公會，把一枚阿斯拉金幣換成零錢，拿到了九枚銀幣和八枚大銅幣。

不知何時手續費變高了，不過有這些錢已經十分足夠。

接著大略看了一下冒險者公會的工作，並且決定承接緊急的送貨委託。

櫃台小姐把魔力注入很久沒有更新所以文字已經消失的卡片後，因為上面註明的層級是S級而嚇了一跳，又因為不明白S級冒險者為什麼會承接這種委託而再次嚇了一跳。

這次是緊急委託所以無論層級高低都能承接，不過原本是E級的工作。

雖說也沒什麼好隱瞞，但是我懶得說明所以只是隨便應付一下，並且要求借用馬匹。

基於公會提供給S級冒險者的優待，承接緊急送貨委託時，可以無償借用馬匹。

當然，達成委託後也必須同時歸還……

不過這次，我準備前往不同的方向。雖然對不起委託者，但我這邊也是緊急狀況。

提供的馬是一匹相當不錯的名馬。

運氣真好，也代表這委託確實很緊急。

這樣一來，委託失敗有可能會導致冒險者資格遭到剝奪。

就算是那樣也無所謂，因為我已經不打算繼續以冒險者身分活下去。

我讓諾倫騎上馬，自己也跳上她後方的馬背。

之後，我們立刻離開城鎮。

諾倫在途中病倒了。

她年紀還太小又沒有騎馬經驗，無法負荷日以繼夜的持續移動。

為了照顧她而用掉很多時間，等我們到達菲托亞領地時，已經過了兩個月。

這日數讓我覺得……早知道從一開始就該使用馬車。

送貨委託老早就被判定失敗，但罰金並不是什麼大不了的金額。

「……」

然而，我依舊陷入絕望。

因為在到達布耶納村之前，我已經明白狀況有多嚴重。

菲托亞領地已經消失。

我感到極度混亂。

到底發生什麼事？布耶納村跑哪裡去了？

塞妮絲呢？莉莉雅呢？

連要塞都市羅亞也已經消滅……意思是，連魯迪烏斯都失蹤了嗎？

怎麼會這樣……我不由自主地跪倒在地。

「因為轉移陷阱而全滅」。

這樣的句子在我的腦海裡不斷旋轉。

在冒險者時代，有實力闖入迷宮後，我曾經多次聽說這句話。

轉移是最需要防備的陷阱。因為隊伍成員會被拆散，也會搞不清楚自己目前身處何方。是絕對不可以踩到的陷阱。

當時，我聽過好幾次隊伍因為這種陷阱而全滅的故事。

也見過一臉茫然的男子，敘述自己隊伍的所有成員都陷入魔法陣，他勉強找到一個人會合並回到入口之後，卻發現除了自己以外的所有人都已經全滅的經歷。

只是我萬萬沒想到，自己會在這種地方……

「爸爸……還沒到家嗎？」

聽到這句話，讓我猛然回神。

身邊還有抓著我衣服下襬的三歲女兒。

「……」

我不發一語地抱住她。

「爸爸？怎麼了？」

沒錯，我是爸爸，是父親。

女兒還不明白究竟發生了什麼事。

但是因為有我在，所以她很放心。

我是父親，我是她的父親。

不可以展現出脆弱的一面，必須保持毅然的態度。

沒錯。

轉移的確是很可怕的陷阱，我也不明白為什麼會演變成這種事態。

然而，我還活著。

塞妮絲以前也是冒險者。莉莉雅雖然有後遺症，不過還是會使劍。

愛夏……快回想，那時候，那一瞬間，莉莉雅有接觸到愛夏嗎？

……我想不起來。

不，別放棄。

那時候，莉莉雅握住了愛夏的手……總之，現在就這樣相信吧。

★　★　★

我前往最近的城鎮歸還馬匹，開始收集情報。

轉移災害的範圍遍及菲托亞領地整體。

菲利普和紹羅斯都下落不明，現在是菲利普的兄弟當上領主。

然而，菲利普的兄弟被迫要負起災害的責任，似乎隨時有可能垮台。

他好像滿腦子都只顧自保，所以沒有針對災害提出對策。比起保護領民，要先護住自己。就是因為這樣，我才那麼厭惡阿斯拉貴族。

在收集情報的過程中，有個叫作阿爾馮斯的老人前來與我接觸。

他似乎是菲利普手下的管家之一。

發誓要效忠伯雷亞斯·格雷拉特家的他，即使處於這種狀況也沒有改變自身的意志。他拿出私人的財產，開始設置難民營。

所以他前來找我，希望我能幫忙。

反問阿爾馮斯為何是我之後，才知道他似乎曾經從菲利普那邊聽說過我的事。

據說菲利普把我形容成：「雖然在緊要關頭能發揮力量，卻缺乏先見之明，所以是個會因為自身失誤而引發危機的人物」。

真是多管閒事的評論。

以阿爾馮斯來說，他似乎猶豫過要不要來接觸評價不高的我。不過進一步考量到我是魯迪烏斯的父親後，最後才決定要來尋求協助。我之前只有透過信件來得知魯迪的近況，現在知道應該和兒子沒有太多往來的這個管家也給他正面評價，讓我感到很高興。

於是我爽快答應，並且聽從阿爾馮斯的指示。

之後過了一個月。

人脈很廣的阿爾馮斯調用各處關係，聚集人才後建立起難民營。

真是精彩的手段。

我也號召前來難民營的年輕人，組織起「菲托亞領地搜索團」。

這組織是為了拯救被轉移到各地並成為難民的人們。

不過基本上，我的目的並不是要幫助陌生的他人，而是為了找到家人。

到了這時期，王都那邊的權力鬥爭似乎已分出勝負，開始有復興資金送到阿爾馮斯手上。

我在難民營留言，然後動身前往冒險者公會總部所在的米里斯神聖國。

阿斯拉與米里斯，只要掌握住這兩個大國，應該可以從哪一邊獲得情報吧。

這是我的判斷。

沒什麼，很快就能找到所有人……當時，我抱著這種想法。

實在太天真了。

★ ★ ★

在米里斯展開活動後過了半年。

有相當多的領民被轉移到米里斯大陸。

我一個接一個地救出了所有人。

其中也有一些領民被當成奴隸賣掉。強行解放奴隸有牴觸米里斯法律的風險，然而，只要一想到萬一塞妮絲或莉莉雅成了奴隸，就算是犯罪也不足以成為我猶豫的理由。

所以我決定堅守要救出所有人的立場。

如此一來，無論是哪個人處於何種狀況，我都能舉出名正言順的理由。不能建立起沒幫助哪個人的前例。

我抱著這種想法，前去拜託塞妮絲的娘家。

她的娘家在米里斯是具備相當實力的貴族，也是培養出多名優秀騎士的名門。

靠著他們，我培養出解放奴隸的基礎。

這些努力沒有白費，救助難民的行動很順利。由於早期行動，很快就找到成為難民陷入窮困狀態的人們。

我救出這些人，對於想靠自己雙腳回去的人們給予旅費，接受願意幫忙搜索的人加入搜索團，還提供住處給老人與小孩。至於奴隸，能用錢解決就用錢解決，靠錢沒用就靠塞妮絲娘家的權力，萬一還是行不通，就找機會綁架奴隸並藏起來。

當然有引發問題。

米里斯的貴族厭惡強行奪走奴隸的我們，甚至有人率領自己兵馬前來襲擊。

團員中有人喪命。

但是，我還是沒有停手。

我有名正言順的理由，打著拯救人們的正義大旗。

正因為如此，團員們才願意跟隨我。

阿斯拉上級貴族「格雷拉特」家的名字，塞妮絲的娘家，還有過去身為冒險者的名聲，我利用所有一切來解決問題。

但是，卻一直、完全、絲毫沒有獲得塞妮絲與莉莉雅的消息。

甚至連魯迪烏斯的消息都一無所獲。

連那個無論在哪裡應該都很引人注目的兒子，都沒有任何消息。

★ ★ ★

轉眼之間，一年過去了。

到了這時期，發現難民的報告也沉靜很多。

能在中央大陸南部與米里斯大陸找到的人，可以說大部分都找到了。

頂多只剩下幾個沒去探查過的村莊，還有幾個不肯放棄奴隸的傢伙。
解放奴隸的行動也按計劃進行，只要能保護當事者，就是我方勝利。
我很清楚這樣是硬來，也能理解我們遭到一部分貴族的唾棄，甚至受到敵視。團員曾因此受到襲擊，受了重傷或是失去性命。
也有一部分團員拿這件事來指責我。
他們認為如果我處理得更好，就不會演變成這種後果。
無論其他人怎麼說，我的行動都不會改變。
因為事到如今，已經不能改變。

最近，通知難民已死的報告比發現生存難民的報告還多。
不，最近這種講法太籠統了。其實死亡報告打從一開始就很多。
說得更白一點，就是死者人數其實遠遠超過倖存者的人數。
艾特、克洛耶、羅爾茲、柏尼、連恩、馬利昂、蒙提……
每次收到熟人的死訊，我的背脊就竄起一股寒意。
有人收到死亡報告後跪地痛哭。也有人因為差了一步沒趕上而死亡的案例跑來找我興師問罪。還曾經被責問為什麼不早一點去搜索哪個地點。
但凡碰到這種事態，我都會感到滿心無奈沮喪。

之後，隨著時間過去越久，連死亡報告的內容都變得曖昧不清。

哪個人可能已經死了。好像有看過長什麼樣子的人成了屍體。可能有在森林深處看過哪個傢伙持有的某個物品……就像這樣的報告。

實際去確認後，只是白跑一趟的次數也很多。

關於我家人的情報還是完全沒有著落。

我想自己或許是失敗了，說不定，當初應該先去魔大陸或中央大陸北部找人。

就算成為奴隸，也不代表連性命也會被奪走。

我在想自己當初是不是應該先去尋找危險的場所，把其他能往後延的事情先往後延？

……不，辦不到。搜索團的成員並不擅長戰鬥。

大部分的人原本只是農民或村人。雖然也有冒險者，但人數不多。況且看在我眼裡，那些在阿斯拉王國活動的冒險者頂多只能算是初學者。

以這樣的成員，無法負荷魔大陸和中央大陸北部、貝卡利特大陸的戰鬥。

搞不好會自身難保。

所以我想自己的做法並沒有錯。

多虧這種做法，才能夠救出以數千人為單位的難民。

我以前所屬的隊伍「黑狼之牙」的那些傢伙如果也在，應該會幫忙搜索魔大陸和貝卡利特大陸吧。

然而，前來跟我聯絡的成員只有一個。而且那個人聯絡過一次後就不知道晃到哪裡去了，也完全不清楚目前在做什麼。

我並不認為那些傢伙很薄情。

畢竟彼此原本就交惡，拆夥時還狠狠吵了一架。

那是最糟的分別場面，就算所有人都恨我也沒啥好奇怪。

為什麼以前的我會選擇那種方式呢？

是因為我只是個小屁孩……事到如今，後悔也沒有用。

★★★

過了一年半。

到了這陣子，我變得只有靠酒精的力量才能繼續下去，所以從早喝到晚。

沒有一時半刻能保持清醒。

雖然自己也知道再這樣下去不是辦法，然而只要一清醒就完全無法自制。

會不由自主地去猜想家人可能已經死了。

他們是何種死法？屍體怎麼了……滿腦子都是這種事。

畢竟連那個優秀的兒子都沒有任何音信。

我不願意這樣想。

儘管不願意，但他們恐怕已經沒命了。

這一年半以來，大家在一定都在等我去救他們，最後哭著死去。

想像到這種情景，讓我幾乎發狂。為什麼自己會待在這種地方？我是不是打從一開始就該狠心丟下其他人，前往危險地點尋找家人才對？

即使情況再壞，我一個人也能做點什麼。

因為錯誤的選擇，我失去了最親近的家人。最重要的事物被無情奪走。

我不願相信這個事實，所以只能喝酒。

只有醉醺醺的時候會感覺幸福。

我完全沒辦法工作。

半年後，搜索團開始實行把在米里斯大陸找到的人們送回菲托亞領地的作戰。

對象都是些老人、婦女、小孩，或是因為生病而無法行動的人們。

這些人即使有錢也不確定自己是否能負荷長途旅行，但還是希望能回到故鄉。

搜索團要護衛著他們回到菲托亞領地。

計畫執行時，我明明身為負責人卻沒有參加會議，一整天喝個沒完。

儘管包括我在內的主要成員會留在米里斯，但搜索活動將在這作戰後告一段落，規模也會縮小。

兩年，短短兩年，搜索行動就宣告中止。我雖然覺得未免太快，但另一方面也能接受其實就是這麼一回事。就算繼續搜索下去，也只是在白白浪費資金。

到頭來，我連一個家人都沒能找到。

真是沒用的男人。

為什麼我這麼沒用？不管過了多久都無法成為成熟大人。

最近連團員們都和整天醉醺醺的我保持距離。

這也當然，沒有人會想跟這種沉浸在酒精裡的笨蛋打交道。

不過基本上，還是有幾個例外。

其中一個是諾倫。

「爸爸！你聽我說！剛剛啊，在路上，有一個很高的人！」

無論我酒醉得多厲害，諾倫都會很開心地找我講話。

對我來說，諾倫是最後的家人。

是最重要的寶物，我只剩下她。

對了，也是因為諾倫，所以我沒有前往魔大陸和貝卡利特大陸。

我怎麼能丟下當時才四歲的女兒？

我怎麼能拋棄她，前往有可能奪走自己性命的危險場所呢？

「嗯？怎麼了，諾倫。遇上什麼有趣的事情嗎？」

「嗯！我剛剛在路上差點跌倒，有個禿頭的人救了我！然後啊，還給我這個！」

諾倫這樣講完，很開心地展示手裡的物品。

那是一顆蘋果，大紅色的蘋果。

顏色看起來很可口。

「是嗎，那真是太好了。有沒有好好道謝？」

「嗯！我說謝謝以後，禿頭的叔叔摸了摸我的頭！」

「是嗎是嗎，真是個好人。不過，不可以說人家是禿頭喔，說不定對方很介意。」

和女兒的對話總是能讓我開心。

諾倫是我的寶物。要是有哪個人敢對諾倫出手，就算是米里斯教團的教皇，我也已經做好與對方為敵的心理準備……

「團長！不好了！」

我正在思考這種事情，卻有一名團員衝進房間。

和女兒的對話被打斷，讓我感到有點不快。

如果是平常，我應該會怒吼著把對方趕出去。不過現在當著女兒的面，無聊的自尊心讓我冷靜下來。

「怎麼了？」
「派出去做事的成員遭到襲擊！」
「遭到襲擊？」
襲擊？被誰襲擊？
這還用說，當然是那些無聊的貴族。
都是一些滿心貪婪，即使說明是阿斯拉王國的人民因為災害才成為奴隸，也絕對不肯乖乖交人的傢伙。我記得今天有計劃要去救出一個這樣的難民。
「好，所有人都帶上傢伙！走吧！」
總之，我召集負責戰鬥的團員。
雖然沒多少實力，但對手也不是能闖入迷宮的冒險者。
十分足以應戰。

之後，我率領這些團員前往發生問題的地點。
很近，正確說法是就在隔壁。
是搜索團的倉庫之一，保管團員衣物的場所。
被對方找到這裡很不妙，說不定有必要換個根據地。
「保羅先生！敵人只有一人，但是很強。請你多加小心。」

「……會用劍嗎？」

「不，是魔術師。大概是個小鬼，不過遮著臉。」

魔術師，看起來像小孩……而且有能力打倒好幾個雖然是戰鬥生手，但已經成人的團員。

恐怕是小人族（Hobbit）吧？他們擁有小孩般的外型，還會若無其事地欺騙他人。

小人族的高手……在喝醉酒的狀況下，我打得贏嗎？

如果是一般的流氓，我有自信不會輸……

不，沒問題，能用的手段多的是。

我抱著這種想法，進入倉庫。

第三話「父子吵架」

保羅他住宿的旅社叫「門之黎明亭」。

旁邊有一間酒館，內部排列著約十張木製圓桌，我現在也坐在酒館裡。

保羅則坐在我的面前。

酒館裡的人不只保羅一個。明明還是白天，所有位置卻都坐滿了人。

包括先前被我打昏的那些傢伙也由保羅同夥中的治癒術師幫忙救醒，同樣坐在酒館裡。

不用說，他們看我的眼神不太友善。

據說在場的所有人都是保羅的同伴。

在這些所謂的同伴中，讓我特別介意的人是坐在保羅斜後方的女戰士。

她擁有髮尾往外翹的栗色頭髮，以及俗稱為鴨子嘴的唇形。雖然給人一種嫵媚的印象，不過體型和穿著更值得特別一提。豐滿的胸部，纖細的腰肢，有肉的翹臀。

是個看起來年約十七八歲的少女，以所謂的比基尼鎧甲來覆蓋住具備這些特徵的身材。

這名女戰士被保羅稱作維拉，也是讓我苦戰的對手。

她擁有應該很符合保羅口味的身材，而且這種幾乎連我也會一看就無法移開視線的肉體上還裝備著比基尼鎧甲。

在這個世界裡，比基尼鎧甲這東西本身並不是那麼罕見。

畢竟這裡是稍微受傷也可以用治癒魔術簡單治好的世界。所以把被攻擊打中當成前提，試圖更減輕自己身上裝備的劍士所在多有。

我在魔大陸上看過不少那樣的人，想來她也是其中之一吧。

不過，倒是頭一遭見識到單薄成這樣的穿法。

一般來說，會先穿上輕薄的衣服再裝備鎧甲，至於肩膀與手肘等關節部分則會套上護具。

就算是因為現在來到酒館裡所以拆掉護具，通常也會再另外披個外套之類。

起碼我至今為止在魔大陸上碰過的大姊姊們都是那樣做，阿姨們裡面倒是有些人對這方面不太在意……

是說，她在倉庫時應該有穿上外衣，為什麼又脫掉了？

總之還是欣賞一下吧。真是眼福……我正在觀察對方，彼此視線湊巧對上。

她對我眨了眨一邊眼睛，我也回敬同樣動作。

「喂，魯迪……魯迪？」

這時聽到保羅叫我，於是我把視線硬從女戰士身上拉開。

「父親大人，好久不見。」

「嗯，是啊。魯迪……你還活著很好。」

保羅以疲憊的語氣這樣說道。

該怎麼說，他真是變了不少。

臉頰瘦削凹陷，黑眼圈明顯，鬍鬚沒剃，頭髮亂七八糟，呼吸帶著酒臭味，整體看起來就是一副頹廢樣。

和我記憶中的保羅完全不同。

「嗯……是啊……」

我的腦袋實在跟不上狀況。

為什麼保羅會在這裡？

這裡是米里斯神聖國，和阿斯拉王國的距離差不多等於非洲到蒙古。

是來找我嗎？
不，他應該不知道我被轉移到魔大陸上。
那麼是為了別的事情？保護布耶納村的工作怎麼了？
「那個……父親大人您為什麼在這裡？」
首先要問清楚這點。我抱著這種想法開口發問，保羅卻露出似乎很意外的表情。
「你問我為什麼？你應該有看到留言吧？」
「留言……嗎？」
留言？他是指什麼？我不記得自己有看過那樣的東西。
看到滿臉疑問的我，保羅不高興地板起臉。
我有說什麼會讓他不爽的發言嗎？
「我問你，魯迪。你至今為止是怎麼過的？」
「問我怎麼過的……當然吃了很多苦啊。」
雖然覺得想問清楚狀況的人明明是自己這邊，不過我還是開始說明至今為止的旅程。
也就是轉移到魔大陸上，獲得某個魔族的幫助，然後和艾莉絲一起花了一年越過魔大陸的經歷。
回想起來，這趟旅程其實相當有趣。
雖然一開始的確不太順利，但差不多半年後，我也已經適應身為冒險者的生活。

因此，我的話越來越多，敘述過去旅程種種經歷的語調也越來越興奮。

講出一段完全根據事實改編的壯觀故事。

這段旅程的內容分為三部曲。

第一部是和心靈之友瑞傑路德的邂逅，還有在利卡里斯鎮引發的大騷動。

第二部是大魔術師魯迪烏斯幫助瑞傑路德，並且匡正世道的旅程。

第三部是中了卑劣獸族的陷阱，身陷囹圄走投無路的我。

雖說有一部分表現得比較誇張，不過我的嘴巴依舊講得滔滔不絕，而且還因為越講越帶勁，最後演變成夾雜著肢體動作與誇張音效的精彩演說。

順道一提，人神的事情被我含糊帶過。

「就這樣，終於到達溫恩港的我們看到了……」

「……」

講完第二部《魔大陸逍遙三人旅．人情篇》後，我暫時閉上嘴巴。

因為保羅看起來很不高興。

他扭曲著臉露出火大表情，還伸出手指咚咚敲打桌面。

是什麼事情讓他這麼不爽？依然無法理解的我打算繼續說下去。

「那麼，之後我們前往大森林……」

「夠了。」

保羅用帶著怒意的聲音打斷我的發言。

「我已經很清楚，你這一年多以來都在到處遊山玩水。」

保羅這句話讓我有點心頭火起。

「我也很辛苦耶。」

「哪裡辛苦？」

「咦？」

被他這樣反問，我不由得發出奇怪聲音。

「聽你的語氣，我根本感覺不到絲毫辛苦。」

那是因為……我故意講成那種感覺。

是啦，或許我真的有點得意忘形。

「聽好，魯迪。我想問你一件事。」

「什麼事？」

「你在魔大陸上，為什麼沒有蒐集其他被轉移者的情報？」

我保持沉默，因為我只能保持沉默。

即使他問我為什麼，我也無法回答。

答案只有一個，理由只有一個。

因為我忘了。

一開始光是要顧好自己跟艾莉絲就已經竭盡全力，等到再有餘裕時，我壓根沒想到可能還有其他人也來到魔大陸。

「我……我忘了……那個，因為顧不到那麼多。」

「顧不到那麼多？你意思是你有辦法幫助素不相識的魔族，但是卻沒辦法分心顧慮到其他也被轉移的人們？」

我閉上嘴巴。

如果保羅要指責我弄錯了優先順序，或許真的是那樣沒錯。

然而事到如今才講這種話，也只是徒增困擾。

因為那時候我真的是忘了，有什麼辦法呢。

「哼！沒去找人，也沒寄封信過來，而是和可愛的大小姐兩個人以遠足心情過著冒險者生活，甚至還有強大的護衛跟著。然後呢？哼！來到米里希昂之後做的第一件事，居然是目擊綁架的犯案現場，所以套上內褲當起正義人士嗎？」

保羅嘲笑般地哼了一聲，伸手拿起放在旁邊桌子上的酒瓶。

他一口氣喝掉半瓶。

接著吐了一口唾沫，很像是瞧不起我。

這種帶著明顯嘲諷的態度讓我很不爽。

雖然我不至於要求他不可以喝酒，但我們不是正在談論嚴肅的話題嗎？

「我也是已經盡了全力啊。處於分不清楚上下左右的狀況，但是又必須保護好艾莉絲……就算多少漏掉一些事情也還情有可原吧？」

「我又沒說你不好。」

他的語氣充滿不屑。

我終於爆發了。

「那麼，為什麼要一直批評我！」

忍耐也有極限。

我不知道保羅為什麼要說那種話。

「為什麼？」

保羅又啐了一口。

「我才要問你為什麼。」

「什麼事情為什麼？」

我實在無法理解，保羅到底想說什麼？

「你提到的艾莉絲是菲利普的女兒嗎？」

「咦？嗯，當然是。」

「雖然我沒見過她，不過想必是個可愛的小姑娘吧。你沒有寄信的理由，是不是因為你認為一旦大小姐的護衛增加，就會妨礙到你跟她談情說愛？」

「所以啊！我就說過只是因為忘記了而已！」

我沒有考慮到其他更進一步的問題。

的確，艾莉絲是出身於高貴人家的千金小姐。

格雷拉特家很有勢力也很了不起。要是我去找贊特港領主之類的人士，說不定對方會願意派出一兩個護衛。

可是我那時被抓去獸族村落，所以不可能辦到。這我已經確實說明……啊，沒有，還沒講到那部分。

就算還沒解釋。

我自認至今都有按照自己步調，做到能力可及的事情。

儘管不是每件事情都做到最好，但要是因為那樣而遭受譴責，未免也太不合理。

「……」

「團長，講到這邊就差不多了吧？他年紀還小，罵得太過分恐怕也沒有意義。」

我繼續保持沉默，先前那個比基尼女戰士卻從後面把手放到保羅的肩上。

看到這一幕，我冷笑一聲。

結果還是這麼一回事。眼前這男人雖然嘴上講得冠冕堂皇，對女人卻沒有絲毫自制力。

在這種情況下，這樣的人有什麼資格對我說三道四？

我完全沒有對艾莉絲出手。

的確曾經碰上危險的瞬間，也曾經差點被欲望支配。但是，我絕對沒有實際動手。

「關於女性的事情，父親大人沒有資格教訓我。」

「……啥？」

保羅的眼神變得凶險。

我沒有注意到這個變化。

「這位女性是怎麼回事？」

「維拉她怎麼了？」

「母親大人和莉莉雅知道你身邊有這麼漂亮的女性嗎？」

「……不知道，她們怎麼可能會知道。」

保羅的表情因為悔恨而扭曲，可是我並沒有看進眼裡。

只是陷入口頭爭執快要占了上風的錯覺。

「那麼，意思是隨便您搞外遇嘍？居然讓對方穿成如此誘人的模樣，我看不久之後大概就會有新的弟弟或妹妹吧？」

等我回神時。

等我回神時，才發現自己已經挨了一拳倒在地上。

保羅露出充滿厭惡的表情，低頭望著我。

「你可不要鬼扯，魯迪！」

我被打了，為什麼？可惡！

「我說你這混帳……魯迪，既然你能來到此地，途中應該有經過贊特港吧？」

「有又怎麼樣？」

「那麼你應該知道吧！」

知道什麼啊？我真的搞不清楚狀況。

只能推論出保羅隱瞞某件事情，卻以我理應知道為由，來怪罪實際上根本一頭霧水的我。

開什麼玩笑！

就算是我也有不知道的事情，而且多的是！

「我就說我不知道啊！」

我揮動拳頭打向保羅。

在他閃開的同時，發動預知眼。

〔保羅勾住我的腳，把我絆倒〕。

我毫不留情地踩向保羅的腳，然後一轉身就瞄準他的下巴。

〔保羅閃開並使出反擊。〕

明明喝醉了，動作還這麼靈活。

我在右手上灌注魔力。既然肉搏戰比不上保羅，只要使用魔術就行。

右手出現龍捲風，狠狠擊向保羅。

「嗚喔喔！」

保羅邊旋轉邊飛了出去，撞進吧台深處。

最後摔倒在地，叮叮噹噹地打翻一堆酒瓶。

「可惡！你還真的動手了！」

雖然他立刻起身，不過腳步不穩。

酒喝多了吧，真是白痴。

以前的保羅更強。就算是剛剛那種姿勢，應該也能夠成功化解我的龍捲風。

「你這混帳，魯迪……」

「團長！」

另一個女性趕向搖搖晃晃的保羅身邊。

是那個穿著長袍的魔術師。

明明自己身在女人堆中，居然還有臉對我的事情批評這批評那。

「別碰我！」

保羅推開那個女性，走到我的面前。

「保羅，我不在的時候，你跟多少人外遇過？」

「給我閉嘴！」

〔保羅揮動右拳攻擊〕。

真是不像樣的大動作直拳，他真的是那個保羅嗎？

就算沒有預知眼，似乎也能夠避開。

「喝啊啊啊！」

我抓住他打向這邊的手臂，以過肩摔的訣竅把保羅拋出去。

當然，我根本不會柔道。

所以是施展風魔術，利用反作用力強行以蠻力把他甩向地面。

「嗚啊……！」

保羅似乎連減緩衝擊的動作都沒能順利使出。

我跨坐到狼狽倒下的保羅身上，接著模仿艾莉絲常用的招數，利用膝蓋來壓制住他的雙臂，讓保羅無法抵抗。

「我啊！可是拚命努力過了！」

我揮拳打他。

再打。

繼續打。

保羅咬緊牙關，以充滿憎恨的表情看向我。

可惡，這眼神是什麼意思！為什麼我得面對他這種表情！

「我也沒辦法吧！在陌生的地方！沒有任何認識的人！千辛萬苦總算來到這裡！為什麼還

要被人責罵！」

「……如果是你，應該可以做得更好吧！」

「就說我辦不到啊！」

之後，我又默默毆打保羅好幾拳。

他沒說任何話，只是凝視著我，嘴角流出鮮血。

似乎滿心不爽，正在看什麼聽不懂人話的傢伙。

為什麼？

他應該不是會擺出這種表情的人吧……可惡……混帳！

「住手啊啊啊啊！」

這時，有個東西從旁邊衝過來撞上我。

我因為這衝擊而晃動了一下，下一瞬間，保羅已經把我推開站了起來。

認為會遭到追擊的我立刻擺好架勢。

然而保羅卻沒有動作，因為我們之間擋著一名少女。

「快住手！」

少女擁有很像保羅的五官，以及很像塞妮絲的金髮。

我只看一眼就知道。

她是諾倫，諾倫・格雷拉特。

是妹妹，我的妹妹，已經長這麼大了。現在應該是五歲吧？不，是不是已經六歲了？

她為什麼會張開雙手擋在我面前呢？

「不要欺負爸爸！」

「…………咦？」

我茫然地聽著這句話。

欺負？

不，這是……咦？

諾倫瞪著我，一臉快哭出來的表情。我看向周圍，不知道為什麼，帶著責備的眼神全集中在自己身上。

「……這是怎樣？」

我感覺到內心溫度急速下降。

還回想起幾十年前的事情。

也就是生前遭到霸凌時的狀況。

那時候也是這樣。只要我稍微回嘴，教室裡的同學就會以怪罪的眼神看我。

沒錯啦就是這樣啦，講錯話的人想必是我。

——我放棄了，精神被徹底擊垮。

已經夠了。回去吧。我什麼都沒有看到，也什麼都沒有做。

回旅社去，等艾莉絲和瑞傑路德回來，然後立刻啟程。明天或是後天就出發。沒問題，不在首都也能賺錢，西部港應該也有冒險者公會。

「魯迪，並不是只有你們被轉移。菲托亞領地布耶納村的所有人也全都遭到轉移災害波及。」

我愣愣地聽著保羅的話。

「……」

嗯？咦？

什麼？他剛剛說了什麼？

「我在贊特港和西部港都有留言，放在冒險者公會。你當上冒險者了吧？為什麼沒有看到……」

雖然他這樣說，但贊特港哪有那種……

不，對了，我沒有前往贊特港的冒險者公會。

那時我先去接瑞傑路德出來，後來就直接被抓去德路迪亞村。

「在你悠哉旅行的期間，死了很多人。」

死了很多人……

那個規模……魔力災害，轉移災害。為什麼我沒有想到？人神也說過那是「大規模的魔力災害」。我……為什麼會認為布耶納村平安無事？

是嗎，大家都下落不明……

「意思是……希露菲也……？」

開口發問後，保羅又露出似乎很憤怒的表情。

「魯迪。比起自己的母親，難道你更擔心女友嗎？」

嗚！我倒吸了一口氣。

「母……母親大人也下落不明？」

「沒錯！完全沒有消息！莉莉雅也是！」

保羅的回答充滿悲痛，又像是在狠狠指責。

我彷彿遭人痛毆，踉蹌了好幾步。

雙腿發軟無法站穩，失去平衡的身體正好倒向一張椅子。

我勉強抓住椅子。

「我們是為了找出被轉移的人們，所以像這樣組織了搜索團。」

搜索團。

是嗎，原來在場的這些人是搜索團的成員嗎？

「搜……搜索團為什麼要綁架人？」

「因為有些人成了奴隸。」

奴隸。

遭到轉移，在不明白自己身處何方的狀況下被騙，成為奴隸……

據說有許多人是這樣。

保羅他們比對失蹤者的名單，一個一個去拜訪那些奴隸，並拜託主人解放他們。

然而其中也有許多人不願意放棄以這種方式取得的奴隸。

根據米里斯的奴隸法，無論有何緣由，一旦成為奴隸，那個人就是主人的所有物品。

因此，保羅採取「強行綁走奴隸」這種手段。

偷走奴隸當然是犯罪行為，不過法律有所謂的漏洞。

保羅鑽了這種漏洞，解放了好幾個奴隸。

當然如果本人希望，也可以繼續維持奴隸身分。

不過據說幾乎所有奴隸都流著眼淚懇求，希望能夠回到故鄉。

這次被救出的少年也是其中之一。

我還覺得自己好像在哪裡看過他，原來是以前欺負過希露菲的少年之一，名叫索馬爾。聽說這一年以來，他受到類似男妓的待遇。

成為奴隸的這些人們發出悲痛叫喊，然而其中也有人未能得救。

而保羅遭到一部分貴族的嫌惡，連自己的團員中，似乎也有人無法認同這種強硬的手段。

受到包括高層、部下甚至來自同輩的指責，保羅過著精神持續耗損的日子，但是他依舊不曾放棄，一直努力至今。

全都是為了幫助因為魔力災害而遭到轉移的人們。

「魯迪，我還以為你早就察覺出狀況並展開行動。」

聽到保羅這句話，我無力地垂下頭。

這什麼無理的要求……你要我怎麼得知狀況？

啊，不過，原來是這樣嗎？

是啊，或許旅程中經過的魔大陸城鎮裡也有從菲托亞領地被轉移過去的人。只要和那些人交談過，說不定我也能推測出災害的規模約有多大。

我的確沒有好好確認狀況。比起調查災害的情報，我更優先處理瑞傑路德的事情。

這是我的失敗。

「沒想到你卻悠哉冒險……」

悠哉？

沒錯，他說得對。在我因為艾莉絲的內褲而興奮，因為冒險者公會的大姊姊身材而興奮，去舔魔界大帝的大腿，還有對貓耳少女上下其手的期間，保羅都在拚命尋找家人。

難怪他會生氣。

「……」

只是，我也無法開口道歉。

因為，一切只能說是無可奈何吧。

還能要我怎麼辦？

當時，我的確認為自己的選擇是最好的做法。

「……」

保羅沒說任何話。

諾倫也保持沉默。

不過，視線裡透露出強烈的拒絕。這感覺狠狠刺傷了我。

刺傷我的內心，我的靈魂。

我環視周圍，據說是保羅同伴的團員們也紛紛露出彷彿在責備我的眼神。

以前的記憶從腦海裡一閃而過。

那是被不良少年脫光全身衣服綁起來的隔天。

當我走進教室時，所有同學的視線……

我的腦中一片空白。

★　★　★

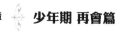

等我回神時，自己已經回到旅社的房間裡。

我往床上一倒。

腦中亂七八糟。

現在到底是什麼情況？我完全搞不懂，也完全無法思考。

「……？」

衣服裡傳出東西摩擦的沙沙聲響。

翻找一下之後，原來是信紙組。我狠狠地把那東西捏爛然後丟開。

「唉……」

嘆了一口氣後，我抱著膝蓋坐在床上。

什麼事都不想做。

仔細回想，這是我第一次遭到雙親冷淡對待。無論是前世還是今生，都是第一次。

雖然嘴裡嘮叨，父母還是很寵我。

但是剛才的保羅卻徹底拋棄了我。沒錯，那態度就跟把我趕出家中的大哥一樣。

到底是哪裡有問題？

我不懂。

我自認處理得很好。

即使試著回想，我也認為自己的判斷並沒有致命性的失誤。如果真要找個問題出來，也只有一開始依賴瑞傑路德這點。那時我雖然懷疑人神，不過最後還是聽從建議，幫助瑞傑路德。

敘述旅程的經歷時，也盡量說得有趣。

雖然多少是因為一時得意忘形，但我認為不需要讓保羅擔心，再加上自尊心作祟。

我很想顯示出自己辦得到。

站在保羅的立場，或許會覺得很無聊。對保羅的同伴們來說，想必也不有趣吧。

的確，我是有說錯話。

我並不打算把希露菲看得比自己母親還重要。只是，畢竟保羅和諾倫都在，認為塞妮絲也沒事是很普通的反應吧？

不，這只是藉口。

在那一瞬間，我並沒有想到塞妮絲。

至於女人云云，是那傢伙先提起的話題。我並沒有對艾莉絲出手。

所以，慣性外遇的保羅根本沒資格對我……

噢，是這樣嗎？說不定保羅也沒有出手。

原來如此，難怪他會生氣。

OK，有種稍微理出頭緒的感覺。

好，明天再去溝通一下吧。

沒什麼，保羅也只是稍微激動了點。以前也曾經發生過類似的事情吧？

只要把話講開，他就會明白。沒錯，沒問題。我也不是真的完全不擔心家人，只是因為稍微錯失了情報，才會沒有進行調查。

的確，這一年半以來可以搜索魔大陸的我卻什麼也沒做，這是個嚴重過失。

可是我也還活著，總有辦法。

沒錯，只要慢慢找，一定沒問題。保羅他應該也很清楚，在這個廣大的世界裡，不可能立刻找到想找的對象。

所以要讓保羅冷靜下來，擬定今後的計畫。

把重點放在還沒找過的地方。

我也會幫忙。把艾莉絲送回阿斯拉之後，直接前往北部或其他地方就行了。

對，首先去見保羅……回到……那個……酒館……去見保羅……

「……嘔……」

我突然覺得一陣噁心，趕緊衝向廁所。

就這樣，把胃裡的東西全都吐了出來。

理性上可以理解，但感情上卻無法接受。

已經許久沒有面對來自家人的拒絕，讓我感覺內心被整個摧毀。

★★★

午後，瑞傑路德回來了。

他臉上露出比平常高興一點的表情，而且似乎拿到了什麼，原本想展示一個類似信封的東西。結果卻發現我坐在床上，於是他皺起眉頭。

「發生什麼事？」

瑞傑路德開口詢問。

「父親大人也在這城市裡。」

我回答之後，瑞傑路德的表情變得更加嚴肅。

「……他對你說了什麼難聽話嗎？」

「嗯。」

「你們應該很久沒見了吧？」

「是啊。」

「吵架了？」

「嗯。」

「把詳情告訴我。」

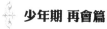

我毫無隱瞞，把發生的事情都告訴瑞傑路德。
講完來龍去脈後，他只說了一句「這樣啊」。
對話在此中斷。過了一會兒，瑞傑路德消失無蹤。

傍晚，艾莉絲也回來了。
或許是發生了什麼事情，她看起來相當興奮。
衣服上沾著葉子，臉頰上也有泥土……不過，似乎心情很好。
看這模樣，她應該有順利討伐哥布林。
太好了。
「歡迎回來。」
「我回來了，魯迪烏斯。我跟你說！啊……」
我對她一笑，艾莉絲卻整個人愣住。
然後，她衝了過來。
「是誰！對你動手的人是誰！」
滿臉激動的艾莉絲用力搖晃我的肩膀。
「沒事啦。」
「怎麼可能沒事！」

這樣的問答重複好幾次之後。

由於她一直糾纏不清，我只好講出自己碰到保羅的事情。

我語氣平淡地敘述自己說了什麼，他有什麼反應，然後發生了什麼事情，沒有任何遺漏。

「那算什麼啊！」

於是，艾莉絲非常憤怒。

「我沒辦法原諒他說出那麼自我的發言！他都不知道魯迪烏斯你有多努力！居然說你只是在玩……！我絕對無法原諒！他沒有資格當父親！我要去宰了那傢伙！」

她講出這種危險的發言，單手提劍衝了出去。

我連制止艾莉絲的力氣都不剩，只能目送她離開。

幾分鐘後，艾莉絲回來了。

被瑞傑路德抓著後領拎回來，就像是一隻貓。

「你給我放手！」

「妳別插手父子吵架。」

瑞傑路德這樣下令後，才把艾莉絲放回地上。

艾莉絲立刻回頭，狠狠瞪著瑞傑路德。

「就算是父子吵架，也有可以說的話跟不該說的話！」

「嗯。但是，我也可以體會魯迪烏斯他父親的心情。」
「那魯迪烏斯的心情又該怎麼辦！你看那個魯迪烏斯……總是一派輕鬆，就算被踹被打也滿不在乎的魯迪烏斯！現在卻這麼脆弱！」
「如果妳認為魯迪烏斯現在很脆弱，就去安慰他。既然是女性，起碼可以做到這點小事吧？」
「什麼！」
艾莉絲無言以對，瑞傑路德則下樓離開。
「……」
被留在房間裡的艾莉絲很不安地這裡晃晃又那裡晃晃。
她偶爾會偷瞄我幾眼，有時則是雙手抱胸雙腳張開站立，原本想開口卻又放棄，然後繼續晃來晃去。
無法冷靜下來，簡直跟動物園裡的熊沒兩樣。
最後，艾莉絲來到我身邊坐下。
她一言不發，很安分地直接坐下。兩人之間保持著微妙的距離。
不知道艾莉絲現在是什麼表情。
我沒有仔細看，因為現在根本沒有餘裕去觀察別人的表情。
「……」

一段時間過去。

等我回神時，才發現身旁的艾莉絲不見了。

我正在想她不知道跑哪裡去了，卻突然被人從後面抱住。

「沒事，有我陪著你……」

艾莉絲摟住我的頭。

柔軟，溫熱，又有點汗味。所有一切，都是一年以來已經很熟悉的，屬於艾莉絲的味道。

讓人有種安心感。

遭到家人拒絕而導致的不安感和恐怖感似乎全都被逐漸抹去。

或許艾莉絲已經成為我的家人。

如果前世也有艾莉絲待在我身邊，說不定自己會在更早的時期得救。

這次的擁抱足以讓我產生這種想法。

「謝謝妳，艾莉絲。」

「對不起，魯迪烏斯。我不太擅長處理這種事情……」

我握住艾莉絲繞到我前方的手。

長著練劍造成的粗繭，強而有力，不像是貴族小姐的手。也是努力的手。

「不，我得救了。」

「……嗯。」

被擊垮的精神重新振作，也稍微恢復一點餘裕。
實際感受到這一點後，我總算鬆了口氣，同時把身體靠到艾莉絲身上。
請暫時成為我的倚靠吧。

第四話「和保羅的再會」

★保羅觀點★

酒館裡。
太陽西下，夜晚即將到來，因此其他客人開始變多，團員反而減少。
在這種狀況下，我占據酒館的一張桌子，喝了一杯又一杯。
大概是散發出不快氣勢吧，沒有任何人敢靠近我。
「喲，我找你找很久了。」
這時，有個人對我搭話。
抬頭一看，一個長著猴子臉的傢伙正拉起嘴角露出笑容。我已經有一年沒看到這張臉。
「基斯……你這混帳……之前跑哪裡鬼混去了？」

「喂喂，這是怎樣？你還是一副不爽樣。」

「這還用說。」

我嘖了一聲，摸了摸臉。

被魯迪烏斯毆打的地方還感到疼痛。

剛剛死要面子逞強，早知道應該讓治癒術師使用治療術。

可惡，魯迪烏斯那傢伙。什麼叫作：「就算是魔大陸，只要靠我的魔術也能輕鬆應付」？

既然那麼輕鬆，至少可以順便找人吧。

結果他不但沒幫忙找人，居然還針對大王陸龜的吃法囉哩囉嗦地講個沒完。什麼叫作：「要不是有想到可以利用土魔術做出砂鍋，搞不好這一年來都在吃那個難吃到爆炸的烤肉」？

既然有空尋找食物，應該也有辦法做其他事情吧？

混帳。

甚至還說我外遇？

扯什麼鬼話。遭到轉移之後，我從來沒想過關於女人的事。

居然無視自己什麼都沒做到的過錯，反過來指責我的不是。

講什麼鬼話。什麼叫作不知道？要是他有確實調查魔大陸，說不定現在已經和塞妮絲或莉雅其中之一順利重逢。

真的是滿嘴鬼話。

「嘿嘿，看你這樣子，應該還沒見到面吧？」
我不知道基斯為啥這麼高興，只見他掛著輕浮笑容點了什麼東西。
反正一定是酒，這傢伙比礦坑族的塔爾韓德還愛喝酒。
「保羅，你明天去冒險者公會看看吧。」
「為啥？」
「能遇見有趣的人物。」
有趣的人物？
能讓我心情變好的對象，基斯今天露臉的理由，還有今天遇見的人物。
拿這三件事進行交叉比對後，自然可以得出答案。
「你是指魯迪嗎？」
我一開口發問，猴子臉就翹起嘴，用力搔了搔腦袋。
「什麼啊，你知道了？」
「我已經見過他了。」
「明明見了面，你看起來卻不太高興。是不是吵架了？」
吵架？
……嗯，算是吵架吧。雖然那種情況根本不能說是對等的吵架。
可惡，一回想就讓我的臉又痛了起來。

「發生什麼事，保羅？講給我聽聽吧。」

基斯擺出親切表情，把椅子移到我的旁邊。

這傢伙從以前就很擅長傾聽別人訴說煩惱。

這次似乎也願意多管閒事，聽聽我有什麼怨言。

「嗯，你聽我說……」

於是，我把先前發生的事情告訴基斯。

包括我很高興見到魯迪。

但是雙方卻各說各話，所以我決定詢問魯迪烏斯這段日子以來他做了什麼。

結果魯迪烏斯開始以非常愉快的態度敘述他的旅程。

還滔滔不絕地講著些無聊的自我吹噓。

我開口斥責他，指出比起這些自我吹噓，他應該有能力辦到其他事情。

可是魯迪烏斯卻反而翻臉。

還拿女人的事情來抹黑，我也感到很火大。

所以雙方吵架還動起手，最後慘敗。

「……噢……原來是這樣啊……」

基斯邊聽邊回應，經常嗯嗯連聲又點頭表示同意，看起來似乎能體會我的感受。但是，他最後卻這樣說道：

「我說你啊，是不是對兒子期望過高？」

「…………啥？」

我也知道自己發出很蠢的聲音。

期望過高？

對誰？在哪方面？

「你是說我對魯迪期望過高？」

「因為啊，你仔細想想。」

看到我滿臉困惑，基斯就像是要乘勝追擊般地繼續說道：

「那傢伙的確很了不起，我從來沒見過能夠省略詠唱直接使用魔術的傢伙。看到他以魔術師身分和北聖賈爾斯打得不相上下時，我忍不住身子一震。的確，魯迪烏斯是那種百年才會出現一個的天才。」

沒錯，魯迪烏斯是天才。

他的確是天才。

那傢伙從小就什麼都會。

雖然有一段時期我認為原來他也有相當糟糕的問題，但是「那個」菲利普，連曾經對我百般嘲笑的菲利普甚至都表示願意把女兒交給他。

「對，沒錯，那傢伙很厲害。畢竟他五歲時……」

「但是，他還是個小鬼頭。」

被基斯狠狠打斷，我閉上嘴巴。

「魯迪烏斯還是個才十一歲的小鬼。」

基斯又講了一次，像是在特意強調這句話的意義。

「就算是你自己，也是十二歲時才離家吧？」

「嗯……」

「你以前不是說過，未滿十二歲還是小孩嗎？」

「什麼啊，就算我說過那種話又怎樣？」

魯迪已經比我強了。

我今天的確有喝酒，然而就算扣掉這部分，也能看出他變強了。

醉歸醉，但我那時是動了真格。不但動了真格，甚至用上了原本不想使用的的北神流「四腳之型」和劍神流「無音之太刀」。結果，我的劍卻只有斬斷他戴在頭上的內褲綁繩。

魯迪根本沒有使出全力。

團員全都只有受到輕傷，這就是證據。我沒有手下留情，卻輸給保留實力的他。

我不知道在雙方沒見面的這段期間內，他到底成長多少。

只是，魯迪七歲時就已經比我聰明得多。

戰鬥實力在我之上，腦袋也比我好。

既然如此，就算他能做到比我更多的事情，又有什麼好奇怪？年齡算什麼問題？

「保羅，你十一歲的時候在做什麼？」

「我十一歲時……」

應該是過著在家學習劍術，而且每天都被老爸責罵的日子。一舉手一投足，所有行動都會被挑剔，然後挨揍。

「叫那時候的你在魔大陸求生，你辦得到嗎？」

「喂，基斯，你這問題的前提很奇怪。魯迪他啊，有強大的魔族當護衛。有個會說人類語、魔神語和獸神語，而且連A級魔物都能獨自打倒，跟怪物沒兩樣的傢伙當他的護衛。在這種條件下，就算不是我也能夠辦到縱貫魔大陸這點事。」

「辦不到。你辦不到，絕對辦不到。即使是現在的你，去魔大陸也無法一個人回來。」

聽到基斯如此斷言，我感到很掃興。

他的臉上依舊掛著輕浮笑容。

這傢伙的笑容總是會讓我一肚子火。

「哼！按照你的說法，我的要求應該更理所當然吧！他做到了我辦不到的事情，是天才！魯迪是天才！我的兒子是天才！已經能獨當一面，很了不起，我沒什麼好說！希望有能力的傢伙去做到符合其能力的工作，是一種錯誤的期待嗎？你說啊，基斯！我錯了嗎？」

「你錯了，你總是弄錯。」

基斯咧嘴露出輕浮笑容，然後把送上來的啤酒一口氣喝乾。

「呼啊！好喝！果然在大森林裡喝不到這麼好的酒。」

「基斯！」

「我知道啦，你很吵耶。」

他把木製杯子咚地放到桌上，突然換上認真表情。

「我說你啊，保羅。你沒有去過魔大陸吧？」

「……那又怎麼樣。」

我沒有去過魔大陸。

不過呢，當然有聽過別人的說法。

據說那是一片很危險的土地。走在路上就會碰到魔物，而且不吃魔物就無法生存。

但是，如果只不過是魔物多了一點，總有辦法應付。

「正如你所知，我出身於魔大陸。所以啦，要是讓我來說，魔大陸是個很不妙的地方。」

「話說起來，我沒聽你提起過魔大陸的事情。到底是怎樣不妙？」

「首先，魔大陸沒有你熟悉的那種道路。雖然有路是有路，但沒有米里斯大陸和中央大陸那種魔物數量很少，走起來也很安全的道路。無論走在哪裡，都會遭到C級以上的魔物襲擊。」

我的確有聽說過魔大陸上的魔物很多，但是C級？

在中央大陸，那是只會在森林深處出現的傢伙。大部分都會成群結隊，或是具備某些特殊能力。

「我說你未免也吹牛吹太大了吧？」

「不，是真的。我剛剛沒有說任何謊話，魔大陸就是那種地方。總之，魔物真的很多。」

基斯的眼神看起來很認真，不過這傢伙可以一邊裝出這種眼神，同時輕輕鬆鬆地撒謊。

我怎麼可能會上當。

「一個雖然優秀，但是卻沒有實戰經驗的小孩子被丟到那樣的大陸上。」

「……嗯。」

沒有實戰經驗的小孩子……是指魯迪嗎？

聽基斯這麼一說，我才想起來自己的確沒聽說魯迪有跟哪個人實際交戰過。

只是，我知道他有巧妙擊退綁架犯；還聽說只要拉開距離，說不定連基列奴都打不贏他。

我不認識比基列奴還強的劍士。既然連基列奴都無法靠近，那麼面對保持適當距離的魯迪，這世界上能打贏他的人恐怕還不到一千。

所以沒有實戰經驗根本無關緊要。

畢竟那個北神二世亞歷克斯．Ｒ．卡爾曼，據說也是在第一次實戰中就殺死劍帝。

「然後，這時他碰上一個願意幫忙的大人。是個魔族，而且很強。是斯佩路德族，你也知道吧？就是那個斯佩路德族。」

「嗯。」

關於斯佩路德族的事情，老實說我半信半疑。

因為聽說連在魔大陸上，斯佩路德族也已經幾乎滅絕。

「自己正搞不清楚狀況，那個人願意伸出援手。自己正處於脆弱狀態，那個人願意提供力量。可是，斯佩路德族很恐怖。要是拒絕，不知道對方會把自己怎麼樣。所以啦，當然會選擇接受幫助吧。」

「……嗯，也對。」

「後來在接受幫助的過程中，聰明的魯迪烏斯開始思考……這傢伙的目的到底是什麼？」

沒錯。

魯迪烏斯應該會動腦。

我的話根本不會去注意，但那傢伙對這種事情特別敏銳。

以前幫助莉莉雅那次也是，他展現出不像是小孩子的機智。

「問題是，怎麼可能摸得清對方的目的。」

果然是這樣。

就是因為人總是無法看透他人的目的，基斯這種人才能存活下去。

「雖然對方現在願意幫助自己，但是哪一天說不定會被捨棄……因此，魯迪烏斯想了個辦法，也就是要讓對方欠自己恩情。」

「那算什麼辦法啊？恩情？會順利嗎？」

「你別吐嘈啊。如果恩情這種講法會讓你覺得不妥，那就換成訴諸情感，或是讓對方產生伙伴意識之類……反正是那種感覺的辦法就對了。」

要讓對方產生伙伴意識嗎？

原來如此。

如果真是那樣，我就能理解魯迪的行動。

一方面奉承會保護自己的魔族，同時也鍛鍊自身實力以備萬一。

非常合理，可以說是選擇了最安全的道路。

哼，不愧是魯迪，真有一套。

「嘖！既然他能想那麼多，為什麼沒辦法做更多？」

我忍不住這樣嘀咕後，基斯張開手掌伸直手指。

接下來開始扳著手指列舉狀況。

「第一次踏上的土地，第一次展開的冒險。就算再怎麼聰明，眼前卻全都是自己不懂的事情。為了不要上當受騙，他不得不主動學習。再加上要提防不知道什麼時候會背叛的魔族，身後還帶著一個等於是妹妹，必須好好保護的女孩……」

基斯語氣平淡邊說邊扳下所有手指。

最後，他做出這樣的總結：

「要是做了這麼多事還有辦法去找出其他被轉移的傢伙，那可真是超人，真的是個超人。即使被列入『七大列強』也不為過。」

七大列強嗎？真是讓人懷念的名稱。

以前，自己是不是也想變得那麼有名？

不過就算扣掉身為父親的偏袒心，我依然覺得魯迪具備能成為那種人的實力。

「顯然已經超過負荷。無論魯迪烏斯有多天才，他畢竟是人類，總有個極限。更不用說那傢伙還只是個小孩。」

「一個已經快到極限的傢伙，為什麼在講述冒險經歷時可以那麼開心？無論怎麼看，他都跟那種帶著遠足心情進入迷宮，只在入口附近的階層玩玩之後就打道回府的貴族大人沒兩樣啊！」

如果魯迪真的過得很辛苦，想來不會擺出那種態度。

他應該會敘述旅程的艱辛和痛苦。然而，魯迪烏斯完全沒有提到那些事。

「是因為不想讓你擔心吧。」

「…………啥？」

我又發出很蠢的聲音。

「那傢伙為什麼要擔心我？因為我是個很沒用的老爸嗎？」

「沒錯，因為你是個沒用的老爸。」

「嘖！是那樣啊！我想也是啦，我是因為一點無聊事就用酒來逃避的軟弱傢伙。看在天才大人的眼裡，想必非常可憐吧。」

「就算不是天才，也會覺得現在的你看起來很可憐，保羅。」

基斯嘆了一口氣。

「我想你應該看不到自己所以講一聲，你現在的樣子真的很慘。」

「一副會讓兒子同情的模樣？」

「沒錯，如果是現在的你，大概不會因為要拆夥而大吵一架。」

因為看起來實在可憐到讓人什麼都講不出口。基斯這樣補充了一句。

我摸了摸自己的臉。

好幾天都沒剃的鬍子發出沙沙聲響。

「保羅，我要再說一次。」

基斯以再三強調的態度開口。

「你啊，對兒子的期望過高。」

期待他又有什麼不對？

魯迪打從一出生就什麼都做得很好。我只是想擺出父親架勢，所以一直去打亂他而已。魯迪根本不需要我。

「我說啊，保羅。你為什麼不能坦率一點，為了父子相逢而感到高興？不管魯迪經歷過什麼樣的旅程，就算他真的是過得輕率悠哉，或者是帶著女孩子卿卿我我，又有什麼關係呢？你們總算平安見到對方，首先應該要慶祝這一點啊。」

「…………」

他說得對。

我一開始也很高興。

「還是說，你想看到失去身體一部分，連眼神也變得很空洞的兒子？要知道，成了屍體以後才見面的可能性也很高喔……不對，在魔大陸上，連屍體都不會留下。」

魯迪會死？

我已經見過那個精力旺盛的魯迪，這個假設欠缺現實性。

然而幾天前，自己不就是因為這種想像而滿心憂鬱嗎？

「哎呀～真是可憐啊。千辛萬苦旅行至今，好不容易再度見到父親，結果那個父親卻是個沉溺在酒裡的人渣。要是我的話，恐怕會斷絕父子關係。」

嘖！居然用這種裝模作樣的語氣講話。

「我懂了，基斯。你的主張的確合情合理。但是，有件事很奇怪。」

「什麼事？」

「魯迪他為什麼不知道布耶納村的情報？贊特港那邊應該也有留言。」

「這個喔……」

基斯只講到這邊，就換上一臉苦澀表情。

這是他有所隱瞞時的表情。

「他是因為運氣不好，才會沒能發現留言吧。」

「……我說基斯，你是在哪裡發現魯迪？不是在贊特港嗎？」

我不知道基斯這一年以來去了什麼地方。

然而，魯迪是來自北方。

講到北方能讓基斯展開行動的大型城鎮，就只有贊特港。

我們在贊特港裡，應該有確實留下訊息。

而且我記得也有團員被派駐在那裡。

目的是要在有人從魔大陸渡海過來時，找對方探尋情報。

既然是冒險者，沒有理由不前往冒險者公會。

「我見到魯迪烏斯的地方是德路迪亞村。真是讓我嚇了一跳，因為他有襲擊聖獸的嫌疑，所以被扒光衣服關進牢裡。」

「被獸族扒光衣服關進牢裡……真的假的？」

我聽基列奴說過。

對德路迪亞族來說，被脫光衣服、關進牢裡、銬上枷鎖，還有潑冷水等遭遇都是最嚴重的奇恥大辱。他們不會隨便對其他人做這些行為，萬一有人對自己這樣做，到死都會不會忘記。

我曾經對基列奴潑水想鬧著玩，結果她真的動了火氣惡狠狠地回瞪。

「那……那麼後來怎麼樣了？」

「什麼啊，魯迪烏斯沒告訴你嗎？」

「我只聽了在魔大陸上旅行的部分。」

對了，為什麼魯迪到達贊特港時沒看到留言？

這是最重要的部分。

為什麼沒講到……啊，是我不願聽。

可惡，為什麼我總是這麼急性子？

冷靜一點。魯迪很優秀，明明很優秀卻沒取得情報。

我應該要更冷靜看待這件事情。

只要前往贊特港，就算他不願意應該也會得知消息。

換句話說，魯迪是在贊特港被捲入了什麼事件。

而且是會被德路迪亞族抓走的事件……感覺很嚴重。

再過兩三天，派去贊特港的團員就會帶著情報回來，是不是那邊發生了什麼事情？

「不，我也不清楚詳情。只是待在大森林的米爾泰特族那邊時，聽說德路迪亞村抓了個人族的小孩。」

「嗯？等一下，你剛剛說你之前待在哪裡？」

米爾泰特族？

我記得那應該也是獸族之一。

長著類似兔子耳朵的種族。

「待在米爾泰特族的村莊。因為有族長，是個規模相當大的——」

基斯的說明又長又無聊。

老實說，長到讓人聽一半就想說「已經夠了」。

但是先前，我才因為沒把魯迪的話聽完，最後錯過了重要的部分。

就算我總是會犯下同樣錯誤，但再怎麼說也不想在同一天內重蹈覆轍。

——他總算講完了。

我試著整理他說的話。

「基斯，也就是說……你到處去通知大森林的各個種族，拜託他們要是找到迷路的人類，就把那些人送來米里希昂嗎？」

「沒錯。嘿嘿，你可以好好感謝我。」

「真的是感謝多少次都不夠……」

我之前就在想為什麼偶爾會有來自大森林那邊的難民找我求助，這樣啊，原來背後有這些安排……

「總之，這些事情不重要啦。」

「……嗯。」

以後有空再繼續追問詳情，現在就先放一邊去吧。

「人族小孩這情報讓我想到一個可能性，所以立刻趕往德路迪亞村。不是我自誇，我這人交遊廣闊，在德路迪亞村裡也有好幾個熟人。所以我找上其中之一，一個和我很有交情的戰士，讓對方安排我進入同一間牢房。」

「等一下，你有必要被關進牢房嗎？」

「為了在關鍵時刻逃出去啊。因為比起從外面動手，待在裡面更容易逃出獸族的牢房。」

我很清楚基斯逃獄的能力。

他是個耍老千被抓之後，還能若無其事逃出來的傢伙。

「後來啊，我本來以為被抓的人族小孩會很可憐地大哭大叫，甚至陷入絕望……結果，噗呼呼……」

「結果怎麼樣？」

「他卻從容不迫地光溜溜躺著，還對我說：『歡迎來到人生的終點』。我真不知道該回答什麼才好！」

基斯放聲大笑。

「這有什麼好笑。」

「的確很好笑啊。我看一眼就知道，這傢伙就是保羅的兒子。」

到底有哪裡好笑？

正確說法是，哪裡有能斷定他就是我兒子的部分？

「那副德性真的和以前的你一模一樣。例如才第一次見面就那麼厚臉皮的態度、毫無意義的擺架子行為；還有試圖搭訕獸族女性卻被聞出有發情的氣味，即使如此依舊不死心，繼續用色瞇瞇眼神看人的那個樣子，全都跟你很像！」

也不知道什麼事情讓基斯那麼開心，他又大笑起來。

以前的行徑被翻出來真是讓我有點尷尬。

「好啦，實際上我花了一點時間，才確定這個小孩的確是你的兒子。」

基斯講到這邊，把啤酒一口氣喝乾。

「總之，就是因為這樣。魯迪烏斯不知道情報也是無可奈何的事情，畢竟他沒有前往贊特港的冒險者公會。」

「嗯？等等，基斯。你不是和魯迪進了同一間牢房嗎？那……」

只要基斯這傢伙當初有向魯迪說明……

「總……總之啊！父子之間或許還會有點心結，不過這次就算是看在我的面子上，去跟他和好吧。」

基斯迅速講完這些話，就站起來打算離開。

「喂，等等。我話還沒有說完……」

「啊，對了。還有一件事忘了講，艾莉娜麗潔他們好像前往魔大陸了。我在贊特港聽說有個到處獵食男人的長耳族，所以一定沒錯。」

「你說艾莉娜麗潔？」

我還以為那傢伙是最痛恨我的人……

「嘿嘿，雖然發生很多事，但那些傢伙也不是真的那麼討厭你。」

留下這句話後，基斯走出酒館。

當然沒有付錢，他就是那種人。

算了，今天就別計較吧。

算我請客。

好，等喝完這些之後，今天先去睡覺。

然後，明天再看看要不要去找魯迪談談……

「我說你別再喝了。明天要清醒著去『黎明之光亭』，知道嗎？」

這時，基斯又晃了回來。

「我知道啦！」

又被提醒一次，我只好嘆口氣放下酒杯。

仔細想想，最近的我的確喝太多了。

為什麼會想靠這種東西逃避呢？明明還剩下很多該做的事情。

「那個……保羅團長，已經談完了嗎？」

我正在想這種事，有個縮著身子一副愧疚模樣的女性對我搭話。

仔細看看那女性的臉孔，已經喝醉的腦袋總算想起來她是團員之一，維拉。

「嗯？怎麼了，今天穿得這麼保守。」

「嗯，是啊……」

維拉態度曖昧地點點頭，來到剛才基斯坐過的位子上坐下。

今天的她並沒有打扮成平常那種具備攻擊性和刺激性的裝扮。

而是穿著隨處可見，就像是一般樸素村民的服裝。

「我在想，白天的衝突會不會是我的錯……」

「妳的錯？為什麼？」

「呃，那個……因為我打扮成那樣………所以，是不是讓令郎……有什麼誤會。」

「跟服裝無關，反正那傢伙是看到妳的大胸部才會自己想歪。」

維拉平常的清涼打扮是有理由的。

她以前是個普通的冒險者，卻在那次轉移事故中，沒帶裝備就被傳送往米里斯大陸。後來落入盜賊手中，成了洩欲的工具。儘管碰上這種一般來說會讓人封閉內心的悲慘遭遇，她卻靠著堅毅過人的精神力來克服這段過去。

然而，也有些女性沒能克服。

例如維拉的妹妹雪拉就是其中之一。

直到現在，那女孩只要被被男性注視，依舊會不斷發抖。

除了團員以外，還有好幾個人也是這樣。

為了幫那些女孩擋下男性的視線，維拉才會隨時保持那種裝扮，好讓男性的視線都集中在自己身上。

另外在負責照顧其他因為碰上類似遭遇而消沉的女性時，她也表現得很優秀。

對於無法體會受辱女性心理的我來說，維拉是不可或缺的部下之一。

當然，我們之間沒有肉體關係。

怎麼可能會有。

「要是聽懂了就滾吧。」

「……是。」

維拉垂頭喪氣地回到女性們聚集的區域。

「真是……」

仔細看看周遭，以擔心眼神看著我的人真是數也數不清。

「別用奇怪的表情看我！告訴你們！明天就會和好！」

丟下這句話後，我離開座位。

回到房間後，我發現諾倫已經自己睡著了。

我拿起放在桌上的水壺，倒了一杯水。

大口喝下。

微溫的水落進我一團稀爛的胃裡。

酒醉的感覺正在慢慢退去。我從以前就擁有不太容易喝醉的體質，灌下一大堆酒是可以酩酊大醉，然而時間並不會持續太久。

意識到腦袋逐漸清醒的我，伸手摸了摸抱著毯子睡覺的諾倫的頭部。

我認為她是個很可憐的孩子。

待在這樣的父親身邊，應該有什麼話想說吧。但是諾倫卻毫無怨言，表現出堅強的態度。

萬一諾倫死了，我也無法活下去。

「唔唔……爸爸……」

諾倫動了動身子。

她沒有醒，大概只是夢話。

諾倫是個平凡的孩子。

和魯迪不同，必須由我來保護……

「……」

這時我突然想到。

如果魯迪也很平凡，他會不會也睡在這裡？

如果他很平凡，就不會去當家庭教師，而是會一直待在家裡。發生轉移災害時，或許他正抓著我的衣襬，要求讓他也抱一下諾倫。

一個平凡的魯迪，平凡的十一歲小孩。我會把他視為該保護的對象，就像這樣……

我的雙腳發抖。

我終於能夠理解，基斯堅持魯迪只是「十一歲小鬼」的理由。

沒錯，平凡也好，天才也罷，又有什麼差別？

其實都一樣吧。

如果諾倫是個天才，我會對她說同樣的話嗎？

我會對諾倫……對於什麼都不懂，只是悠哉旅行的諾倫說那種話嗎？

會告訴她：「我對妳抱著更多期待」嗎？

想像那個情景後，我睡意全消。

也不想躺下。

所以我來到旅社外面。

拿起為了因應火災而儲水的瓶子，把裡面的水倒在頭上。

然後回想起魯迪離開酒館時的表情，忍不住吐了。
是誰害魯迪露出那樣的表情？
木桶裡的積水照出一個愚蠢男人的面孔。
那是這世界上最不適合當父親的傢伙。
「唉，這下或許真的完了……」
如果是我，一定會和這種人斷絕關係。

★魯迪烏斯觀點★

隔天早上。
心情稍微改善的我正在吃早餐。
地點是旅社隔壁的酒館。
米里希昂的食物相當美味。從大森林出發後至今，越靠近這裡，東西就越好吃。
今天的早餐是剛出爐的麵包，口味清爽的清湯，生菜沙拉，還有厚片培根。
昨晚沒有食欲，不過聽說晚餐甚至還有附上甜點。
而且好像是很受年輕冒險者歡迎的甜果凍，源自於最近流行的詩歌，一個敘述年幼魔術師成為冒險者的故事。

真是讓人期待。

吃飯是一件幸福的事情。

因為肚子餓會讓人容易生氣，一生氣就容易沒有食欲，沒有食欲就會肚子餓。

是一種非常糟糕的惡性循環，就算是人型機器人也會發火。

「……歡迎光臨。」

當我正在享用類似咖啡的飯後飲料，順便思考這種問題時，酒館老闆突然看向店門口。

那裡站著一個身形消瘦，臉色發白的男子。

我一看到那張臉，身體就明顯顫抖了一下。

男子東張西望地看著店內，發現我的存在。

下一秒，昨天的感情湧上我的內心。明明對方什麼都還沒說，我卻自然地移開視線。

「……」

看到我的反應，同桌的兩人似乎立刻察覺那男子是誰。

瑞傑路德皺起眉頭，艾莉絲則踹開椅子站起。

「你是誰啊！」

男子往這邊走來。

艾莉絲出面擋在他的眼前。

她雙臂環胸，雙腳張開與肩同寬，下巴昂然抬起。以充滿威嚴的態度瞪向比她高上兩個頭的男子。

「我是保羅．格雷拉特……那傢伙的父親。」

「這我知道！」

我正看著艾莉絲的背影，頭上卻傳來聲音。

聽起來似乎伴隨著苦笑。

「我說啊，魯迪。你居然躲在女孩子後面，還真有男性魅力啊。」

這聲調和語氣讓我稍微放鬆一點點。

沒錯，以前的保羅總是會像這樣挖苦我。

真讓人懷念。

我決定把這種態度視為保羅風格的讓步。畢竟他一大早就特地前來酒館找我，而我的狀態也還算可以跟他談談。

「不是魯迪烏斯躲在我背後！是我把魯迪烏斯藏在背後！為了擋住沒用的父親！」

艾莉絲握緊拳頭，感覺隨時會對保羅的下巴打出一拳。

我對瑞傑路德打了個眼色。

他似乎看懂我的意思，抓住艾莉絲的後領，把她拎了起來。

「等一下！瑞傑路德！快點放開我！」

「讓他們兩人獨處吧。」

「你也有看到魯迪烏斯昨天的樣子吧！這種人不配當父親！」

「別這樣說，所謂的父親就是那樣。」

兩人一邊爭執，同時打算離開現場。

瑞傑路德經過保羅身邊時，唐突地說了一句：

「雖然你也有你的主張，但是那些主張只有在你兒子還活著時才有機會說得通。」

「啊……嗯……」

瑞傑路德的發言很沉重。

他很有可能把自己視為世界上最糟糕的父親。

所以看到一樣糟糕的父親，或許產生了同理心。

「魯迪，你怎麼可以對年長人士頤指氣使。」

「不對，我沒有頤指氣使，那是充滿信賴的眼神交流。」

「根本沒差多少吧。」

保羅邊說邊在我面前坐下。

「那個人就是你昨天說的魔族嗎……？」

「是的，是斯佩路德族的瑞傑路德先生。」

「斯佩路德族……似乎是個性情不錯的傢伙，看來傳言和實際並不一致呢。」

「您不怕嗎？」

「說這什麼蠢話，那可是我兒子的恩人啊！」

怎麼跟昨天的意見差那麼多……但我當然不會多嘴。

好啦。

「那麼，您來此是有什麼事嗎？」

我的聲調超乎預期的冷淡。

於是，保羅的身體震了一下。

「呃……那個，我想……道個歉。」

「針對什麼事情？」

「昨天的事。」

「您沒有必要道歉。」

雖然保羅願意道歉對我有利，不過我把艾莉絲的胸部當成枕頭熟睡一晚後，也已經確實反省。

「老實說，至今為止，我的確抱著玩樂的心態。」

剛遭到轉移時還可以另當別論，然而後來的旅程大致上很順利，我甚至還有餘裕分心去想些色情念頭。

所以關於沒有收集菲托亞領地相關情報的事情，毫無疑問是我的過失。

到達贊特港後確實辦不到，可是還在溫恩港時多少有一些空檔。

要是我在那裡有去接觸情報販子，想來可以獲得一些情報。

那是理應探聽調查的事情，我卻沒有去確認。

的確是我的錯。

「所以，父親大人您當然會生氣。現在是這麼艱困的時期，該道歉的人是我。」

菲托亞領地消失，一家離散。

一想到保羅那時的心境，我根本無法責備他。

我正是因為一無所知，才能過得那麼輕鬆自在。畢竟不知道發生悲劇，也是一種幸福。

「不，不是那樣吧。魯迪你不是也很努力嗎？」

「沒的事，我綽有餘裕。」

因為有瑞傑路德跟著我們。

離開利卡里斯鎮之後，算是比較輕鬆。

因為有他在，我們不會遭到魔物偷襲，不需開口指示，瑞傑路德也會幫忙去抓能吃的魔物，而且還會制止想跟別人打架的艾莉絲，以我來說，這是一趟輕鬆的旅程。

很簡單的任務。

「是嗎，綽有餘裕嗎……」

我不知道保羅在想什麼。

只能確定一件事，就是他的聲音微微發顫。

「我很抱歉自己沒能注意到所謂的留言，請問上面寫了什麼？」

「……寫了可以不要管我，去中央大陸北部找人。」

「這樣啊。那麼，把艾莉絲送回菲托亞領地後，我就去搜索中央北部吧。」

我機械般地回答。

不管怎麼做，我都覺得自己的語氣很僵硬。

是因為緊張嗎？

為什麼呢？

我已經原諒保羅，保羅也原諒了我。儘管沒辦法恢復成以前那樣，然而目前是緊急事態；因為處於緊急事態，所以會感到緊張。

或許是理所當然的反應吧。

「總之先不討論這部分，我想請您再度詳細說明菲托亞領地的現狀。」

「…………嗯。」

保羅的聲調也很僵硬，而且依舊微微顫抖。

他也在緊張嗎？

不，更重要的問題是，我自己果然也不太對勁。

言行舉止都沒辦法跟平常一樣。我以前是用什麼態度跟保羅對話？總覺得彼此之間應該是那種可以互開玩笑的關係。

「該從哪裡開始說起才好……」

保羅用僵硬的語氣告訴我菲托亞領地發生了什麼事情。

建築物已經全部消失。

住在那裡的人們也全都遭到轉移。

已經確認有大量的死者。

還有許多人下落不明。

保羅招募志願人士，成立了搜索隊。

所以，他才會把根據地設置於冒險者公會總部的所在地，而且也比較容易收集到情報的米里希昂。

順便一提，另一處根據地位於阿斯拉王國首都，那邊是交給格雷拉特家的那個管家，阿爾馮斯先生。阿爾馮斯先生是這個搜索團的總負責人，目前似乎是還待在菲托亞領地救助難民。

還有，保羅在各地都有留言。

上面指示我要和他分頭去尋找家人的下落。

這是能獨當一面的長子應負的義務。

雖然以年齡來說，我應該還算是小孩，不過我本身也覺得自己在精神上是個大人。如果有

看到他的留言，大概已經振作起來去找人了。

還沒找到塞妮絲、莉莉雅以及愛夏。

說不定我已經在魔大陸上的哪個地方和她們錯身而過。

一想到這種可能性，自己當初的行動就讓我滿心悔恨。因為急著趕路，在每一個城鎮停留的時間都過於短暫。

「諾倫她不要緊吧？」

「嗯。幸好她有碰到我。」

根據保羅所言，轉移這種現象只要身體某處互有接觸，似乎就會被傳送到同一個地方。

「她還好嗎？」

「嗯。剛來到陌生土地時，她似乎有點困惑，不過現在就像是團員們的偶像。」

「是那樣嗎，真是太好了。」

是嗎，諾倫過得很好嗎？

嗯，真的是件好事。算是不幸中的大幸。甚至可以說是值得開心。

可是不知道為什麼，我的心情還是沉悶。

「……」

「…………」

對話中斷。

而且氣氛莫名尷尬。

我和保羅的關係應該不是這樣。應該是……更輕鬆的感覺才對，真奇怪。

之後的一段時間。

保羅好像說了些什麼，我卻無法好好跟他對話。

只能重複一些隨便又冷淡的回應。

不知不覺之間，酒館裡的客人只剩下我們兩個。

感覺老闆差不多會為了後續準備工作而過來請我們離開。

保羅似乎也察覺到這種動靜。

「魯迪，接下來你打算怎麼辦？」

最後，他這樣問我。

「……總之，我要把艾莉絲送回菲托亞領地。」

「可是菲托亞領地已經什麼都不剩了。」

「就算是那樣，我們還是要回去。」

我們必須回去。

聽說菲利普、紹羅斯，以及基列奴都還沒被找到。

回去大概也沒有任何人在，但我們還是必須回去。

因為這趟旅程的目的就是要回到菲托亞領地。

我要貫徹初衷。先努力到達菲托亞領地，親眼確認當地的現狀。之後，無論是要移動到中央大陸北部進行搜索；或是要拜託瑞傑路德，再次回到魔大陸前往各地探尋都行。

還有基本上我懂貝卡利特大陸的語言，所以去那邊或許也可行。

「回去一趟之後，再前往其他地方搜索。」

「……是嗎？」

就這樣，對話立刻結束。

我不知道自己該說什麼。

這時，酒館老闆把杯子放到我們面前。

「拿去。」

被輕輕放下的木杯裡正冒著熱氣。

「這是招待。」

「謝謝。」

直到現在，我才注意到自己喉嚨很乾。

雙手攥緊拳頭，手心滿是黏膩汗水。

同時，還發現背後與腋下都有一股涼意，溼透的瀏海則是貼在額頭上。

「我說小子，雖然我不清楚是怎麼回事……」

「……？」
「但你至少正眼瞧瞧他的臉吧。」
聽到老闆這麼說，我總算察覺……
我連一次都沒有看向保羅的臉。
打從一開始移開視線後，就再也無法正視保羅。
我用力嚥下口水，看向父親的臉孔。
他的臉上帶著不安，感覺淚水隨時可能湧出。真是一團亂的表情。
「您這張臉是怎麼回事？」
「我才想問怎麼回事是指哪回事。」
露出苦笑的保羅臉上欠缺精神。
再配合這個表情，凹陷的雙頰導致他看起來像是別人。
但是，我總覺得自己在哪裡看過類似的表情。到底是在哪裡？應該是以前吧——
——我想起來了。
是在自家的洗手間。

被霸凌並因此足不出戶後，大概過了一年還是兩年。

那時候我雖然覺得一切都還來得及，但同時也開始意識到自己和周圍已經形成絕對無法補上的差距。

但是又害怕外出，只有焦躁和不安的心情持續累積。應該是我情緒最不安定的時期。

原來如此，是這麼一回事啊。

目前的保羅正處於情緒不安定的狀態。

找不到想找的人，時間不斷流逝卻還是杳無音訊。他滿腦子擔心憂慮，忍不住猜想家人該不會是受傷了吧？難不成是生病了？甚至還有可能早就已經……在如此擔心的情況下，好不容易出現的我卻和他的想像實在差距太大，擺出一副輕鬆乾脆的樣子，所以保羅才會不由自主地感到惱怒。

我自己也有同樣經驗。

開始躲在家裡之後沒過多久。

有個國中時代認識的人跑來找我，聊了一些關於學校的事。

明明我心情如此消沉，行為也如此墮落，那傢伙卻悠哉隨性地敘述學校生活。胃痛的我對那傢伙罵了一堆難聽話，把對方當成出氣筒。

隔天，我心想如果那傢伙下次再來，我要表達歉意。

然而那傢伙沒有再來，我也沒有主動去見他。因為有古怪的自尊心在作祟。

我想起來了。保羅現在的表情，就是我那時候的表情。

「我有個提議。」

「魯迪？」

「畢竟目前是這種狀況，我們必須成熟一點。」

「呃……對，我的確很不成熟……你想說什麼？」

我的內心豁然開朗。

也總算能夠理解保羅的心情。

一旦這麼想，接下來就很簡單。

我回想起往事。就是自己遭到保羅斥責，後來以強硬語氣反駁成功的那件往事。

當時我認為這傢伙真是讓人覺得無可奈何。

因為那時的保羅才二十四歲，是個很年輕的父親，也難怪他會那樣。

在那之後過了六年，保羅三十歲了。

和生前的我相比，依舊比較年輕。

不過同樣和生前的我相比，他其實出色得多。

生前的我根本不做該做的事情，整天只想責怪他人。相較之下，保羅很了不起。

自己已經和那時不同。

我應該有發過誓。

雖然最近把這事給忘了，不過我確實曾經發過誓。

不會重蹈覆轍，還要拿出真本事，在這個世界好好活下去。

雖說這次的規模更大，我們卻還是在重複同樣的行為。

和六年前同樣的行為。

我們又再次犯下同樣的失敗。還以為自己已經成長，已經往前邁進，實際上卻一直原地踏步。關於這一點，我該老實反省。

而反省之後，要確實往前走。

「把昨天的事當作從沒發生過吧。」

我提出這個建議。

這次我受傷了，精神差點被徹底摧毀。

我想，當時擔心我的朋友肯定也是這種感覺。

而且還抱著那種感覺，再也不曾和我相見。

這次不會演變成那樣。我絕對不會斬斷自己和保羅之間的聯繫。

「昨天，我們沒有吵架。分離數年的父子兩人是到了現在，這一瞬間才終於再會……就當作是這樣吧。」

「魯迪，你在說什麼啊？」

「總之，您把雙手張開吧，快點。」

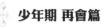

「啊……噢。」

保羅按照我的吩咐，張開雙臂。

我衝向他的胸口。

「父親大人！我一直好想見到您！」

一股酒臭味傳來。

他看起來沒喝醉，但說不定是宿醉狀態。

是說，保羅以前明明滴酒不沾啊……

「魯……魯迪？」

保羅顯得很困惑。

我把下巴靠到他的肩上，慢慢說道：

「好啦，這麼久沒看到兒子，您應該有話要說吧？」

雖然覺得這真是一場鬧劇，但我還是用力抱緊保羅那粗壯的身軀。

感覺他不只臉頰消瘦，好像連身體也瘦了一圈。

我本身長大了也是原因之一，不過保羅想必吃了很多苦，比我更加辛苦。

保羅即使滿心困惑，還是喃喃說了一句：

「我……我也很想見到你……」

一旦開口，似乎有什麼一口氣潰堤。

「我也很想見到你……很想見你啊，魯迪……我一直，沒找到任何人……還以為，大家是不是都死了……後來，看到你……看到你的樣子……」

我抬頭一看，保羅淚流滿面。

表情也整個扭曲。

一個大男人很不像樣地抽抽噎噎哭個不停。

「對不起，對不起啊，魯迪……」

不知為何，我自己也落下淚水。

我輕拍保羅的腦袋，兩人一起哭了一陣子。

就這樣，相隔約五年之後，我終於再次見到父親。

第五話「再度確認方針」

這一天，我和保羅從早聊到晚。

沒討論什麼重要的事情，只是一般的閒聊。

第一個話題是布耶納村的情況。

我前往要塞都市羅亞後的那幾年，保羅雖然有兩個老婆，但似乎沒能過著左擁右抱的享樂

生活。

聽說經過塞妮絲與莉莉雅兩人的多次討論，後來演變成基本上保羅不能和莉莉雅有性接觸的狀況。

不過如果塞妮絲懷了第三胎，保羅也實在無法忍耐，屆時他能夠徵求許可。

塞妮絲心中似乎也很掙扎，但對於保羅來說，實在是一個稱心如意的結果。

讓人羨慕。

「那麼，我是不是快要有第三個妹妹了？」

「不，一直遲遲沒有成果……你那時倒是一次就中。」

「一次就可以生出這麼優秀的兒子，父親大人真是好運。」

「你還真敢講。」

雖然覺得這不是十一歲兒子和父親之間該出現的對話，不過這氣氛也讓我感到放鬆。

我們沒有提到塞妮絲與莉莉雅的生死，是故意避開這個話題。

因為彼此都很清楚。就算討論她們的生死也絕對不會有什麼正面的進展，只會留下難以排解的沮喪。

「希露菲過得好嗎？」

「嗯，那女孩很了不起。讓我感覺到你很有當老師的才能。」

希露菲似乎過得很好。

她會在上午進行跑步和魔力鍛鍊，下午向塞妮絲學習治癒魔法。

等愛夏稍微成長比較不需要照顧後，希露菲似乎還去找莉莉雅請教禮儀規矩。

「應該說是相當一心一意吧？她經常來我們家，在魯迪你的房間裡不知道忙些什麼。」

「……希露菲應該沒在我房間裡找出什麼東西吧？」

「怎麼？你房裡藏著不能見人的玩意兒嗎？」

「不，怎麼可能會有，當然不是那樣啊。」

哎呀真是討厭。

「算了，反正一切都已經消失了。」

根據保羅所說，菲托亞領地內的物體幾乎全數消滅。

小從羽毛筆墨水瓶這些雜物，大至房舍橋梁之類的建築，所有一切全都消失無蹤。似乎只剩下隨身的衣服物品有一起轉移。

「原來是這樣……」

實在遺憾。

儘管我完全想不起來到底是什麼東西讓自己感到遺憾，內心卻有種難以言喻的寂寥感受。

「你那邊又如何？」

「您是指在羅亞的生活嗎？」

因為保羅開口問了，我也講起自己的情況。

包括第一天就被艾莉絲痛毆，差點因此心靈受創。後來我們「偶然」被綁架犯抓走，好不容易才成功脫逃。這次事件成為契機，讓我和艾莉絲的關係稍微改善，不過她還是不願乖乖上課，所以我只好去找基列奴哭訴。多虧有基列奴，艾莉絲總算肯接受自己的指導。在那之後我們慢慢培養起感情，還一起學跳舞。最後，提到我十歲生日那天的事情。

「生日啊……真是抱歉……」

「抱歉什麼？」

「抱歉我沒能去看你。」

對於阿斯拉王國的人民來說，十歲是人生的分水嶺之一，也是極為重要的生日。

雖然我依舊不懂為什麼很重要，但總之是一種吉日吧。

反正會盛大慶祝，還會贈送禮物。

「沒關係，因為艾莉絲的家人有幫我好好慶祝。」

「是嗎，拿到什麼禮物？」

「高價的魔杖，不過有著『傲慢水龍王』這種讓人有點難為情的名字。」

「會嗎？這名字很帥氣啊。」

帥氣？

什麼蠢話，這分明是個讓人背脊發癢的名字。

不過說不定在這個世界裡，性能越高明的東西就會被賦予越誇張的名稱。

「還有，我已經從阿爾馮斯那邊聽說了。魯迪，你不是還有拿到另一個好禮物嗎？」

「另一個好禮物？」

嗯？我還有拿到別的東西嗎？

難道是智慧、勇氣和無限的力量？可是無論是哪一種，我都覺得自己還很欠缺。

「就是菲利普他們家的小姐啊。剛剛是我第一次見到她，似乎是個堅強又可愛的女孩。看她還那麼拚命地想保護你……」

……說我得到艾莉絲好像有點不太對。

的確菲利普已經允許我「隨便出手」，但是還沒到達「我要開動了」的程度。

我想好好珍惜艾莉絲。

多少也是因為昨天發生那種事。那是我第一次碰到有人願意在自己消沉時提供溫柔擁抱，還願意一直輕撫我的頭部直到我進入夢鄉。

所以我絕對不會背叛艾莉絲。

儘管之前有約定過等我十五歲就可以……不過就算我滿十五歲，屆時只要艾莉絲不願意，那麼在她點頭前我都會忍耐。

只是我在性欲方面有容易失控的傾向，四年後恐怕會處於性欲比目前更旺盛的狀態，我也不確定自己到底能不能堅持忍住……不過至少，我現在下了這種決心。

「對我來說，艾莉絲是很重要的存在。但是我實在無法同意『得到』這種把人當成東西的

講法。」

「畢竟你是入贅嘛。比起得到，或許該講成『給出去』才更加正確。」

「啥？」

我發出走了調的聲音。

入贅？

「你不是要由菲利普當你的後盾，然後成為貴族嗎？」

「到底怎麼回事？什麼時候演變成那種情況？」

「你怎麼還問我什麼時候？大概是轉移事件的一年前吧，我收到一封信，說你和艾莉絲的感情很好，你本人的意思也已經慢慢定下來了，所以想讓你入贅他們家。雖然我認為阿斯拉貴族跟屎沒兩樣，不過還是有回信說如果你已經決定，那就隨你高興……」

原來如此。也就是說在我十歲的時候，菲利普已經事先擺平了保羅這邊。

就算我那時拒絕他的提議，接下來幾年，菲利普肯定也會利用各種手段把我和艾莉絲送作堆。什麼叫作只是一席醉話啊。

這下我總算理解，難怪保羅會把我和艾莉絲的關係想歪。

已經預定會結婚，而且滿心不安的兩人。既然把我們視為彼此相愛的一對，料想我們在旅途中整天談情說愛也是理所當然的推測。

「看這情況，我們是中了菲利普的圈套。」

「似乎是那樣呢。」

兩人同時嘆了一口氣。

現在，我和保羅的腦裡大概都浮現出同一個男人的面孔。

菲利普。阿斯拉王國的上級貴族，是個有能力在混濁泥濘的社交界裡殺出生路的傢伙。

「是說，既然你跟大小姐關係不錯，希露菲那邊……啊，不，沒事。忘記這句話吧。」

保羅表現出知道自己講錯話的態度，趕緊含糊帶過話題。

希露菲依然下落不明，至少在保羅所知的範圍內都還沒找到。

雖然保羅說沒事，但我還是忍不住思考。

我的確喜歡希露菲，不過對她的感情和對艾莉絲的有點不同。

真要分類，對希露菲的感情比較類似在看待妹妹或女兒。因為她被欺負很可憐，所以我必須拉拔她成長……就是這種感覺。況且在演變成更進一步的感情之前，我們就已經被迫分開。

雖然對艾莉絲的感覺也差不多，但我有很多事情都受到她的幫助。

如果要問哪一邊比較占優勢，我會說是艾莉絲。

不過呢，基本上這並不是綜合評論雙方各項條件後做出來的判斷。

而是時間的問題。

長期共處果然是很重要的因素。儘管很多話題都可以提到所謂的童年玩伴，然而光是曾經在一起很久就能造成強大影響。

和希露菲相比，我和艾莉絲相處的時間幾乎長達兩倍。

內容也很多采多姿。

話雖如此，這件事和我擔不擔心希露菲是兩回事。

「希望希露菲也能平安無事……」

「雖說還比不上你，但那女孩很努力。別擔心，她甚至能無詠唱使出治癒魔術，無論去到哪裡都能活下去。因為在米里斯大陸以外的地方，治癒術師都算是相當貴重。」

「是這樣嗎……」

嗯？我剛剛好像聽到什麼不能聽聽就算了的事情？

「請等一下，您說希露菲能無詠唱使用治癒魔術？」

「嗯？噢，對啊，讓塞妮絲很驚訝呢。不過，魯迪你也會吧？」

「治癒魔術的話就不會。」

我無法省略詠唱直接使出治癒魔術，因為我不懂其中的原理。

無論使用多少次，我都無法理解利用魔術治好傷口的機制。

「是那樣嗎？」

「嗯，不過詠唱咒文就能夠使用……」

「雖然我不太清楚魔術的事情，但聽說過魔術這種東西講求適合與否。或許希露菲有那方面的才能吧？」

該不會一段時間沒見之後，希露菲會變得比我強大許多？

有點不敢見她。

萬一再會後被她批評：「魯迪，你根本沒有成長」，那該怎麼辦啊……

聊著聊著，我和保羅之間的隔閡徹底消失。

到了傍晚，有人來迎接保羅。

是那個穿著比基尼鎧甲的大姊姊，還有魔術師的大姊姊。

不過比基尼鎧甲大姊姊今天沒穿比基尼，反而打扮得像個樸素的女性村民。

昨天的服裝到底是怎麼回事？

算了，那也是我們父子衝突的原因之一，說不定她是特地自我收斂。

「父親大人。」

「什麼事？」

「我當然相信父親大人，但畢竟昨天出了那種事，所以還是要再確認一次。您沒有外遇吧？」

「當然沒有。」

那麼我就放心了。

我和保羅在昨天的爭執，是雙方的猜疑互相衝突。

沒有事實根據，只是好色缺點被拿來彼此指責所導致的結果……噢，我自己說過要當作沒發生過，失敗了失敗了。

算了，感覺保羅根本沒空招惹女人。

也不曾主動讓可能引發家庭崩壞的導火線靠近火源。

我也該學習他，今後要稍微抑制自己的好色行徑。

「魯迪。」

保羅在最後再度提問，像是想確認我的意志。

「你要保護艾莉絲回到菲托亞領地吧？」

「是的。」

我重重點頭，同時開口反問：

「是不是我也參加搜索團會比較好？」

「不，沒有那種必要。因為不管怎麼樣，都必須把伯雷亞斯家的人送回阿斯拉王國。」

「……這樣聽起來很像是重要任務，交給我真的沒問題嗎？」

「沒有比你更適合的人選吧？而且也已經有信賴基礎。」

看樣子我相當受到信任。

我突然想到，保羅對我的評價是不是太高估了？

不，無論他怎麼評價，我都想回應這份期待。

「不過呢，另外從團員裡派出幾個人擔任護衛，你留在米里希昂也可以喔。」

保羅咧嘴露出賊笑，同時講出一個誘人的提議。

如果只計算利弊，那也是一種可行的辦法。

當然，我的意思並不是自己要留在米里希昂，而是指我和艾莉絲分開，分頭進行搜索的方式。

今後直接回頭前往魔大陸進行搜索也是選項之一，但再怎麼說那都是只基於利弊考量時的情況。

因為我不能丟下艾莉絲，優先處理自己的事情。

保護她是我的義務。

而且，擱置原本在做的某件事，開始著手另一件事的行為並沒有給我帶來什麼正面回憶。

生前，我做什麼都是有始無終，所以雙方肯定都會以半途而廢的結果收場。

套用到這次的狀況上，就是艾莉絲無法回到菲托亞領地，我在魔大陸也得不到任何成果。

既然這樣，就一件一件處理吧。

再加上要考量到瑞傑路德的問題。

我不認為那個死腦筋的傢伙可以和搜索團的成員們建立良好關係，而且要是我想半途退出，感覺他會怒斥我那不是戰士該做的行為。

「不，還是由我送她回去會比較好。」

「嗯，畢竟我們團裡也沒有比你強的成員，你也無法放心交給其他人吧。」

保羅如此回應，臉上帶著複雜的表情。

說不定他很介意打輸我的事情。

那個時候保羅喝醉了，我是覺得不能算數。不過就算我隨便開口安慰，也只會讓他更沒立場吧。

所以還是別提這件事方為上策。

「你打算多久以後離開米里希昂？」

「這個嘛……因為要存旅費，差不多一個月吧。」

「旅費我這邊有。」

保羅回頭看向兩名女性，對著那個身穿長袍，臉上還有雀斑，看起來很內向的魔術師大姊姊搭話。

「應該有吧？」

「阿爾馮斯大人的確有寄放了一筆資金，供我們在找到伯雷亞斯家諸位時使用。」

為了因應在米里斯找到伯雷亞斯成員時的情況，阿爾馮斯似乎把一筆足以支付移動費用的資金交給保羅保管。

「就是這麼回事。」

「原來如此，幸好這筆資金沒有被拿去付酒錢。」

「因為資金是由雪拉負責管理。」
看保羅那副得意模樣，我這個老爸有夠沒出息……算了，不必多言。
「那麼，差不多有多少錢呢？」
「相當於二十張王鈔。」
我向雪拉提問後，她立刻回答。
王鈔是米里斯價值最高的貨幣。如果按照石錢=日幣一圓來計算，一張王鈔等於五萬。
所以二十張換算之後……
「一百萬圓！」
「……你這是什麼反應？」
保羅感到很不以為然。
這金額讓我失去理智。
畢竟這一年半以來，我一直像守財奴那般錙銖必較。這樣的我，突然能夠拿到一百萬圓。
「那麼多錢……可以一輩子吃喝玩樂了吧！」
「不，我想大概可以在南部蓋個房子，但是沒辦法一輩子吃喝玩樂啦。」
咦……可是有一百萬耶！是百萬超人的金額啊！（註：綜藝節目《火焰挑戰者》中的項目之一，讓參加者和百萬超人比賽，獲勝就能得到一百萬日幣）
換算成綠礦錢是一千枚耶！連斯佩路德族都能搭上船！

我高興到一半，又想到另一個問題。

「啊！還有一個問題。」

「還有問題？」

「是的，我們在溫恩港要讓斯佩路德族搭上船時，被要求繳納龐大的渡海費用。現在還不清楚在西部港需要花多少錢，我想費用應該還是很驚人吧。不知道二十張王鈔夠不夠用……」

「原來是這件事啊……」

保羅雙手環胸。

他該不會叫我把瑞傑路德丟下吧。

「雪拉，斯佩路德族渡海需要繳交多少錢？」

保羅突然開口發問，那個叫雪拉的女性點了點頭，很乾脆地回答：

「要一百張王鈔。」

她是不是全都背下來了？再加上剛剛的事情，這個人似乎很優秀。看外表也給人類似祕書的感覺。

「……嗚！」

這時我們的視線剛好對上，她卻低聲慘叫並低下頭。

於是之前穿比基尼鎧甲的大姊姊若無其事地換了個站立位置，像是要擋住我的視線。

我有點受打擊。

「對不起，這女孩不習慣別人的視線，麻煩你盡量不要看她。」

「噢……」

聽到之前穿比基尼的大姊姊這樣說，我含糊回答。

儘管和保羅的關係已經恢復原樣，但看來其他團員依舊討厭我。

算了，那也無所謂。

話說回來，要一百張王鈔嗎？差不多等於五百萬。

不是隨隨便便就能存到的金額。

我忍不住嘆了口氣。

「為什麼只有斯佩路德族的費用特別高啊？」

「因為制定這條法律時，正好碰上對斯佩路德族的迫害最為嚴重的時期。」

躲在原比基尼大姊姊後面的雪拉以理所當然的態度回答。連溫恩港關卡人員都不知道的事情，她居然可以回答得這麼輕鬆。一種胸部沒分量但腦袋卻很有料的概念？

「而且掌管西部港海關的貴族是出了名的討厭魔族。就算準備好費用，或許也會堅持不放行。」

「是這樣嗎……呃，能不能靠母親大人娘家的力量幫忙處理一下？」

「抱歉，這次的事情已經讓那邊幾乎越線，不能再添更多麻煩。」

如此一來，還是只能偷渡嗎？

我對偷渡沒啥好回憶，可以的話盡量不想用這種方式。

更何況之前的事也發生在同樣這片大陸上。很有可能走私組織之間已經互相聯繫，把我們列在黑名單上。

斯佩路德族和渡海費用……真是越想越頭疼。

「我明白了。關於渡海費用的問題，我會自己找出辦法。」

「抱歉啊。」

保羅這樣說完，突然咧嘴一笑。

接著一臉得意地轉身看向背後兩名女性。

「我的兒子怎麼樣？很可靠吧。」

「呃……」

「這個……」

兩位女性帶著苦笑看了看彼此。

還敢問什麼怎麼樣，很丟臉地跟兒子大打出手的人到底是誰啊？

「父親大人，請不要做出要求淑女評論自己『兒子』狀態好壞的下流行為，會讓人懷疑格雷拉特家的品性。」

「你的發言才比較下流吧。」

聽他這樣說完，我們相視一笑。

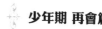

兩位女性似乎被我們嚇到，不過也無所謂啦。

「好啦，魯迪，我差不多該走了。」

「是。」

保羅起身後轉了轉肩膀。

我們似乎聊了很長一段時間。

我看向吧台，老闆臉上掛著苦笑。因為我們連午餐時間都一直占用位置，等一下多付點錢吧。

「旅行計畫決定後跟我聯絡一下，在出發之前，和諾倫一起吃個飯吧。」

「好，知道了。」

回答之後，我目送保羅離去。

看到他帶著兩名女性離開酒館的背影，我心裡不禁想著：「這樣看起來，保羅真的是個好女色的不良老爸啊」。

★　★　★

保羅離開後沒過多久，艾莉絲和瑞傑路德回來了。

艾莉絲眼睛附近有一大塊瘀青，瑞傑路德則是露出苦澀表情。

「你們兩位是出了什麼事？」

「沒事！倒是你和那傢伙怎麼樣了？」

艾莉絲以一副很不爽的態度雙手抱胸，狠狠哼了一聲。

「和好了。」

話聲剛落，艾莉絲的眼角立刻吊了起來。

「為什麼啊！」

她握緊拳頭打向桌面，一聲巨響後，桌子整個碎裂。

哎呀，真是孔武有力……

「是嗎，你們順利和好了嗎？」

相較之下，瑞傑路德看起來很開心。

「魯迪烏斯！」

艾莉絲抓住我的雙肩，而且越抓越緊。

真是驚人的力量。

「為什麼！」

「妳是在問什麼事情為什麼？」

我雖然有點困惑還是開口反問。

「你昨天不是很消沉嗎！」

「嗯，昨天真是謝謝妳。都是因為艾莉絲妳願意抱住我，我才能平靜很多。」

今天之所以能夠面對保羅，毫無疑問該歸功於艾莉絲的擁抱。

如果她沒有那樣做，我恐怕會暫時把自己關在旅社房間裡。

「我不是那意思！那傢伙連魯迪烏斯過十歲生日時都沒來！而且你後來先是在魔大陸上經歷那麼辛苦的旅程！到大森林時又被關進牢裡！就這樣，好不容易才見面！結果他卻做了會讓你那麼消沉的事情！還講了像是要捨棄你的話！為什麼你可以原諒他！」

艾莉絲一口氣講了一大串。

我能理解她的主張。

聽她這樣講，保羅的確很差勁。

即使被斷言他說討厭我，也具備說服力。

如果我是個普通小孩，恐怕絕對不能原諒保羅。

然而，保羅對我做出失敗對應是無可奈何的事情。

我繼承生前記憶，至今都應付得很好。面對這種扭曲的兒子，要求他以一般方式來對應，這才叫強人所難。保羅無法順利測出該和我保持多少距離，也猶豫著到底要怎麼對待我。而且雖然我好像沒資格講這種話，但是他對於所謂的正確父親到底該是什麼形象，也還有無法完全理解的部分。

不過我不認為那樣是壞事。

以我來說，只要站在兒子這種立場上，以高姿態旁觀他的行動就好。

保羅面對我時，無論犯下多少錯誤都沒關係。

我已經不會再因此受挫，無論多少次都會承受下來。

不過基本上，我和他很快就會再度各奔東西。

「艾莉絲。」

「怎樣啦……」

我不知道自己到底該說什麼才好。

艾莉絲是為了我如此生氣。

然而對我來說，這件事情已經解決。

「父親大人也是人，當然會有失敗的時候。」

最後我說出這句話，並且對艾莉絲眼角的瘀青使出治療術。

艾莉絲雖然乖乖接受治療術，但看她的表情，清清楚楚地寫著她無法信服。治療結束後，艾莉絲板著一張臉回房間去了。

我一邊目送她離開，同時對瑞傑路德發問：

「那麼，瑞傑路德先生。」

「什麼？」

「那個瘀青是怎麼回事？」

艾莉絲眼角的傷，昨天應該不存在。

「我為了阻止她，費了一番工夫。」

瑞傑路德坦然如此回應。

他平常是個看到小孩子被打就會怒火中燒的傢伙，這次是心境有了何種變化？

無論如何都不肯原諒保羅的艾莉絲想必大吵大鬧了一番，不過她和瑞傑路德之間是師徒關係。兩人進行訓練時，艾莉絲負傷也不是第一次的事情。

不，我該看仔細一點。

瑞傑路德的表情並沒有那麼坦然。原本他的表情就缺少變化，但是現在看起來帶點苦澀。似乎情況並非他的本意。

意思是無奈下的行動嗎？

到底發生了什麼事？兩人之間講過什麼對話？又是經歷了何種過程才會變成這個結果？

我一概不知。

只能確定一件事，那就是瑞傑路德和艾莉絲的爭執是起因於我。

我和保羅已經和好……那麼，我現在能做的只有道謝。

「謝謝你。託福，我才能和父親大人重修舊好。」

「小事不需言謝。」

不過話說回來，現在的艾莉絲已經到了瑞傑路德不出手打她就無法阻止的地步嗎？

不知不覺之間，她已經越來越強了。

過了一段時間後，我們召開了作戰會議。

「那麼，現在開始舉行在米里希昂的第二次作戰會議。」

地點是酒館。

仔細想想，我今天完全沒有離開過這間酒館。

這裡待起來很舒服，客人也不多。只是老闆可能不希望這樣吧。

「前天不是才開過嗎？」

艾莉絲已經不生氣了。

我本來以為她會關在房間裡鬧彆扭，但大概十分鐘後就回來了。

真想學習艾莉絲切換心情的速度。

「因為狀況改變了。講得具體一點，就是資金問題已經解決。所以，我想在幾天內就離開米里希昂。」

因為可以拿到二十張王鈔，沒有必要自己努力賺錢。

收集情報方面，我也已經從保羅那邊把能問到的事情都問清楚了，姑且可以不管。至於恢復斯佩路德族名聲的問題，如果可以暫時擱置的話，在這個城市裡能做的事情就所剩無幾。我把以上這幾點簡明扼要地告知兩人。

我原本有些猶豫，不知道該不該把菲托亞領地的現狀告訴艾莉絲。
然而，我最後還是決定說出來。
與其到達當地後才感受到絕望，倒不如現在先做好心理準備。
「艾莉絲，聽說我們的故鄉已經消失了。」
「這樣啊。」
「菲利普大人和紹羅斯大人似乎還下落不明。」
「這是沒辦法的事情。」
「也不知道基列奴在哪裡，說不定……」
「魯迪烏斯。」
艾莉絲雙手抱胸，抬起下巴看向我。
「這點事情，我早就做好心理準備了。」
她的眼中沒有猶豫。
而是一如往常，充滿力量，桀驁不遜，對自身的未來沒有任何絲毫懷疑。
艾莉絲說她並不是忘了，而是已經有了覺悟。
「我認為基列奴應該還在哪裡活著，不過父親大人跟祖父大人就算已經死了也沒什麼好奇怪。」
還哼了一聲這樣說道。

換句話說，艾莉絲的意思是因為她自己轉移到魔大陸吃了很多苦，所以早就預料到或許其他人已經喪命？

不，搞不好她只是在逞強。

很難分辨出艾莉絲是在逞強，還是真的充滿自信。

「就算魯迪烏斯你一直瞞著我，我也有確實弄清楚。」

儘管我不確定艾莉絲到底清楚什麼事情，不過能感覺她的確不是在逞強。

艾莉絲也有以自己的方式去思考各種問題。

也就是說，身為當事者還把菲托亞領地的事情忘得一乾二淨的傢伙就只有我。

有點丟臉。

「是這樣嗎，我明白了。」

我做出「不愧是艾莉絲」的結論，然後繼續話題。

「總之，我想差不多在一個星期後就離開這城市……」

「這樣好嗎？」

發問的人是瑞傑路德。

「什麼事情好不好？」

「一旦出發，說不定會再也無法見到你父親。」

「又講這種不吉利的話……」

這種話出自瑞傑路德的嘴裡，傳達出的沉重感會有點不同。

然而，現在並不是戰爭時期。

「現在我還有一些家人要是不趕快去找，也許就再也無法相見，所以我想優先處理這方面。」

「是嗎，說得也對。」

瑞傑路德理解後，我進入本題。

「接下來的旅程，就以收集情報為主吧。」

停留在一個城鎮裡的時間還是一星期左右。

不過，這段期間內不需要去賺錢，而是要去收集情報。

主要的搜尋對象是被轉移的人們。

從米里斯通往阿斯拉的路程。

是這世界上被視為通行人數最多，也居住著最多商人的地方，等於是這世界的絲綢之路。

我想搜索團當然已經徹底調查過，不過說不定我們能找到什麼先進們沒發現的線索。

而且關於幫斯佩路德族恢挽回名聲的事情，也可以在調查時順便進行。

只是基本上，「Dead End」這名號在米里斯和中央大陸上並不是那麼出名。

或許我得再研究一下到底該怎麼幫忙宣揚。

「問題是渡海的費用。」

這是最大的問題。

在這個世界裡，渡海似乎具備某種特別的意義。

如果是走陸路進入他國，多得是能矇混過去的辦法，只有想渡過大海時沒那麼簡單。

尤其是斯佩路德族。

「關於這件事，魯迪烏斯，你看一下這個。」

這時瑞傑路德拿出一張像是紙的東西。

就是他昨天原本想給我看卻又作罷的那封信。

我接過來之後，發現上面潦草地寫著「巴克席爾公爵收」。

背面蓋著紅色封蠟，花紋應該是家徽吧。感覺相當粗獷。

「這是什麼？」

「昨天找舊識寫的東西。」

舊識……對了，瑞傑路德有說過他要去見以前認識的人。

「你的舊識是怎麼樣的人？」

「一個叫作賈修．布拉修的男子。」

「他的職業是？」

「不清楚，但是看起來似乎挺偉大。」

據說瑞傑路德跟這個賈修是在四十年前相遇。

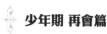

地點是魔大陸。

瑞傑路德幫助了遭到魔物襲擊即將全滅的一行人，賈修似乎是其中之一。

據說當時的賈修還是個小孩，看到瑞傑路德後露出充滿畏懼和敵意的眼神。但是在最後道別時，已經轉變成相當友善的態度。

瑞傑路德把他送往城鎮後，賈修表示如果瑞傑路德哪天前來米里希昂，要記得去拜訪他。

因為一直沒有機會所以瑞傑路德也把這事給忘了，直到這次為了從冒險者區的入口進入城市內而繞著外圍移動時，「眼睛」突然捕捉到賈修的身影，才又想起這件往事。

因此，雖然瑞傑路德起了去拜訪一下的念頭，但也擔心對方會不會已經忘了。帶著這種不安前去後，賈修卻理所當然地還記得他，聽說受到很隆重的歡迎。

原本只是想打個招呼，後來卻意氣相投。

聊到至今為止的旅程後，賈修就寫了這東西，要瑞傑路德去到西部港時拿出來給海關看。

對方和瑞傑路德意氣相投。

是類似獸族裘斯塔夫那樣的人嗎？看對方能立刻幫忙寫信，感覺地位似乎相當高……

我是很想確認內容，不過我記得這種東西好像封蠟破了就會失去效用？

「那位叫賈修的人是貴族嗎？」

「這個嘛……他有很多手下……」

手下。

真是很有瑞傑路德風格的用詞。

是指僕人之類嗎？「很多」也是一種不太明確的說法。

話雖如此，畢竟是瑞傑路德認識的人。就算對方是想成為慈悲王者的魔王人選之一也沒什麼好奇怪。（註：出自漫畫《魔法少年賈修》的主角「賈修」）

「你有去他家嗎？」

「嗯。」

「他家大嗎？」

「很大。」

「大約有多大？」

「沒有奇希里斯城那麼大。」

奇希里斯城。

如果比那裡小，就不會是湖中央的白之宮。

看來還沒有誇張到是王族，但對方的家卻大到可以把奇希里斯城拿來當成比較對象。

唔……

既然是瑞傑路德認識的人，應該不是壞人……

保羅說過，掌管海關的貴族似乎很討厭魔族。如果對方的身分不上不下，把這封信送上去有可能會引發問題。

調查一下這個叫賈修的是什麼人會不會比較好呢？

不，瑞傑路德拿信出來時，臉上帶著開心的表情。

要是我擅自往壞方面想，又演變成信賴彼此與否的問題那可傷腦筋了。

算了，也沒關係。不管怎麼說，我也想不到其他方法。這裡就賣瑞傑路德一個面子吧。

至於賈修這名字，可以之後再偷偷找保羅探聽一下。

「我明白了。那麼，這次就試試看靠這封信吧。」

聽到我的話，瑞傑路德點了點頭。

預定一星期後出發。

在此之前，要先把能在這裡辦妥的事情都處理完。

「就算是明天出發，我也不介意！」

我以苦笑回應艾莉絲的發言，結束這次的作戰會議。

第六話「待在米里希昂的一星期」

為了告知今後的預定，我前往搜索團的根據地。

那是一棟平凡無奇的兩層樓建築。

在其中類似會議室的一個房間裡，保羅正在非常認真地工作。

他混在十幾個男性之中，大概在討論什麼議題。

我豎起耳朵偷聽，看樣子他們是要推動某個大型計畫。

來到米里希昂之後，我只見過保羅呈現喝醉和宿醉這兩種狀態。不過看他像這樣努力做事的模樣，會覺得我的父親大人似乎還是相當堅毅帥氣。

只是我見到他的時機不對，他並非每天都喝得醉醺醺又囉哩囉嗦。

我原本這麼以為，然而確認談話內容後，才知道原來保羅最近這一個月以來好像都泡在酒精裡，根本沒有好好工作。然而昨天起他卻突然鼓起幹勁，恢復成以前的樣子。

他一定是想讓我看看自己的好表現吧。換句話說，多虧有我，那傢伙才會再度開始工作。

哎呀，不才在下真是個罪孽深重的男人啊。

裝模作樣地感嘆一番後，我決定等到保羅有空的時候。

但是待在原地不動未免有點無聊，於是我在建築物內探索，並在某個房間裡發現正在玩耍的諾倫。

周圍還有其他外表和諾倫差不多年紀的小孩，他們開開心心地玩著像是積木的東西。這裡大概是托兒所之類的設施吧。

「嗨。」

因為視線湊巧相對，我很隨性地舉起手向她打招呼。

於是，諾倫露出嚇了一跳的表情，然後立刻狠狠瞪著我，還把手上的積木丟了過來。

我一把接住積木。

「你走開！」

非常明確的拒絕。

唔，我做了什麼會讓她討厭的事情嗎？講到可能的原因，大概只有我痛毆保羅這件事。

嗯，肯定就是因為那樣。

「呃……我跟父親大人已經和好了喔。」

我試著辯白。

「你說謊！」

諾倫卻大吼一聲，接著一溜煙逃走。

看樣子她真的相當討厭我。

有點受到打擊。

待在討厭自己的對象附近似乎也沒啥意思，因此我回到像是等候室的地方，決定留在這裡等保羅。

挑了個角落坐下後，可以感覺到有視線正在偷瞄著這邊。

其中也包括之前負責綁架行動的那些傢伙。

我在這裡果然不受歡迎嗎？

正覺得如坐針氈，有個膚色特別顯眼的人物進入室內。

那個人物身穿會讓人覺得昨天的樸素打扮到底是怎麼回事的比基尼鎧甲，讓周圍的目光集中到自己身上。這時，比基尼小姐突然注意到我，於是走了過來。

「早安。」

「早安，今天有什麼事嗎？」

比基尼小姐面帶笑容，側著腦袋向我發問。

「呃，我是來見父親大人。妳是……」

呃……這個人叫什麼名字？

我應該還沒問過吧？

「抱歉，我忘記自我介紹了。在下名叫魯迪烏斯．格雷拉特。」

我站了起來，把手放在胸前，以貴族方式致意。

對方不知所措地搖了搖手。

「啊……那個……我叫維拉，是保羅團長的部下之一。」

她有點慌張地回答。

一旦低下頭，必然可以窺見深淵的深處。

對眼睛來說是一種毒藥。不過毒藥有時候也會成為良藥，而良藥就具備保養效能。

既然自己先前才決定要克制，我其實不太願意亂看。問題是一旦映入眼中，還是會不由自

主地去追蹤。

無論心裡多堅決地決定了什麼，我的視線依舊像是遭到追趕的狐狸，被強行誘導往某一點。

實在卑鄙。

「之前真是抱歉。因為父親在女性方面有點前科，所以我有些誤會。」

「不……沒關係，畢竟我打扮成這副模樣，想來也是無可奈何。」

我假裝出正經態度回應後，維拉用力搖了搖頭。

某個部位也跟著明顯晃動。

儘管是比基尼型鎧甲，但那部位基本上似乎還是被固定著。只是一旦發生振動，就會傳達過去造成波浪般的起伏。因為很大。

不行不行…………我千辛萬苦總算把視線移開。

「我覺得妳還是盡量不要以這種打扮在男性面前出現會比較好。畢竟其他人也會覺得看了不妥，或是至少披個外套如何呢？」

「……我有我的理由。」

維拉帶著苦笑回答。

不知道是不是我多心，總覺得其他團員的視線都聚集到我身上。

是說錯話了嗎……我也不明白是怎麼回事，晚點再找保羅打聽一下吧。

「父親大人大概什麼時候會忙完？」

我換了個話題，於是維拉側了側腦袋。

「嗯……因為最近這一個月以來的工作都沒處理，我想他暫時都會很忙。」

「是這樣啊……那麼是否可以麻煩妳代為轉達，說我預定在七天後離開米里希昂嗎？」

「七天嗎？真是相當匆忙。」

「對我們來說，只是按照平常進度。」

「原來如此……我知道了，我去叫雪拉過來，請你稍等。」

維拉留下這句話，往建築物內部跑去。

沒過多久，她帶著身穿長袍的魔術師回來。

魔術師一注意到我的視線，立刻發出一聲慘叫，躲到維拉身後。

「團長的行程雖然已經很滿，但是四天後的晚上有個空檔。如果要聚餐的話，還請配合這個時間。」

「我並沒有勉強他擠出時間的意思喔。」

「團長和你說話時顯得很有活力，所以，即使勉強也要擠出時間。」

躲在維拉背後的雪拉以平淡的語氣回答。

她好像真的很討厭我。不，是不是害怕我啊？

我也不願意這樣……算了。

「四天後的晚上嗎？我記住了。是不是去旅社那邊就好？」

「我會先預約搜索團平常使用的餐廳，請直接前往。」

雪拉不帶感情地把詳細地點時間告訴我。

好像是一間位於商業區，叫作「Rage Milis」的餐廳。

順便打聽了一下，那間餐廳似乎沒有特別要求著裝守則（Dress Code）。

不過該怎麼說？總覺得這樣好像是在安排和大老闆的餐敘。

居然讓祕書來管理行程，保羅也出人頭地了嘛。

「請問你會攜伴嗎？」

對方最後提出這個問題，讓我的腦中浮現出艾莉絲的臉孔，同時也回想起她那句「我要去殺了那傢伙」的宣言。

「不，只有我一個人。」

於是討論結束，我也離開此地。

★ ★ ★

好啦，一星期很短暫，必須有意義地利用時間。

這樣想的我來到米里希昂的冒險者公會。

不愧是冒險者公會的總部，擁有宏偉的外觀。是一棟兩層樓的建築物，也是我至今看過最大規模的公會。

話雖如此，畢竟我以前看過很多巨大建築物，並沒有因此覺得感動。

首先要收集情報。

當前主要想調查的情報是關於菲托亞領地的事情，然而沒有獲得比保羅那邊更詳細的消息。看來在這一帶對這方面最清楚的人果然還是保羅他們的搜索團吧。

接下來我著手調查米里希昂周遭的魔物情報。

和魔大陸相比，威脅度似乎有很大的落差。

這裡有名叫巨大蝗蟲（Giant Locust），但只是體型大了點的蚱蜢，還有名叫割肉兔（Meat Cut Rabbit）的肉食兔子以及叫作岩石蠕蟲（Rock Worm）的巨大蚯蚓等等。

都是些危險度非常低的生物。

和魔大陸相比，尺寸也比較小。

在那片充滿考驗的大地上，魔物的大小隨便都可以超過人類數倍。就連差點被我們趕盡殺絕（誇大）的帕克斯郊狼，身體長度也在兩公尺以上。

毒酸狼的體型可以超過三公尺。

至於大王陸龜的平均大小是八公尺上下，最大的是二十公尺以上。

還有在大森林雨季期間看過的那些魔物中，也有很多大小跟人類差不多。

相較之下，在米里希昂的周遭，大多數的魔物都只到人類的膝蓋。

儘管魔物並不是越大就越強，但是體型本身也能成為武器。

簡而言之，米里希昂周遭的魔物很弱。

安全是件好事。

接下來，我開始研究如何幫助斯佩路德族挽回名聲。

然而，這件事很棘手。

主要是因為米里希昂似乎有一個意圖排斥魔族的派系。

這派系的領導者，是米里斯聖騎士團之一的神殿騎士團。

他們強烈主張應該把魔族趕出米里斯大陸。

話雖如此，目前米里希昂內部勢力最強大的派系並不是這些人，而是認為應該和魔族共存的一派。由於這一派的領導者是現任的教皇，因此神殿騎士團並沒有明目張膽地排擠魔族。

不過，要是有魔族在城市裡引發問題，他們似乎就會迅速趕來現場百般刁難。

也就是一旦獲得正當理由，即使立場薄弱他們也能擺出強硬態度。

如果我們宣傳瑞傑路德是「斯佩路德族」，而且還正大光明地展開行動，想必立刻會被神殿騎士團盯上。

神殿騎士團隨時隨地都在監視著城市內部。

——那麼，城市外又如何呢？這樣想的我試著承接了一個委託。

那是剛好才貼出來沒多久的B級委託。

內容是附近村子受到一隻魔物騷擾，希望有人能去解決。

以距離來看，是當天就能來回的地方。

討伐對象是綠葉虎(Leaf Tiger)。

原本是棲息於大森林南部的魔物，卻因為某種理由而從大森林往南移動，在村莊附近定居下來。

這隻魔物的底色是有濃有淡的綠色，還混有褐色的花紋，所以一旦牠潛伏在森林裡，就會完全融入風景之中。由於具備高度隱密性，再加上通常以數隻組成群體來行動，因此被視為是B級的魔物。

然而這次的討伐對象只有一隻，而且地點又是平地，危險性可以說是比毒酸狼還低。如果要按照危險度來排名，頂多只有D級吧。

還在魔大陸的時候，要是能發現這種委託，我總是會非常開心。

我們立刻前往委託地點，正好碰到一隻綠色老虎叼著雞悠悠哉哉地晃出村莊。

發現我們的魔物雖然丟下獵物並發出低吼聲，不過艾莉絲只說了一句：「交給我吧。」就立刻衝了出去，瞬間把牠劈成兩半。

任務結束，輕鬆愉快。

村民們非常感謝我們。

聽說這隻老虎最近在這一帶四處肆虐，讓家畜和村人都遭受不輕的損害。

若是平常，應該會有哪支聖騎士團前來護衛這個村莊，然而前幾天這附近似乎發生神子遭到襲擊的大事件。

負責護衛的神殿騎士團只剩下部隊長，其餘成員全滅。

雖說神子在千鈞一髮之際獲救，但部下全滅的部隊長還是被迫扛起責任，聽說遭到撤職。

最近經常發生奴隸被綁架之類的可疑案件，讓騎士團原本就處於戰戰兢兢的狀態，這時卻又爆發這種嚴重事態。因此，教團和騎士團都在拚命處理。也因此，B級這種高危險的魔物被丟著沒人管，村民們逼不得已，只好找冒險者公會提出委託。

算了，騎士團那邊的事情大概跟我們沒什麼關係。

那麼，獲得情報之後，我展開實驗。

也就是要對村民們宣傳斯佩路德族的事情。

我告訴他們，瑞傑路德其實是斯佩路德族，而斯佩路德族為了與世界上的人們和平相處，正在四處旅行並行善積德。

雖然斯佩路德族乍看之下是個難以親近的種族……不過這種時候，就是這石像派上用場的機會了。

只要展示這石像並提到瑞傑路德的名字，無論是外表多恐怖的斯佩路德族，對方的態度必定都會瞬間軟化，宛如見到親孫子的頑固老爺爺那般放鬆表情露出笑容。然後再過幾分鐘，應該就可以成為百年以來的靈魂兄弟吧。

以上就是我的說明。

不是自誇，我覺得這真是一次完美的推銷說詞。

然而村長卻一臉微妙表情。

他表示雖然對瑞傑路德個人很是感謝，但是這種程度的感謝並無法抵銷對魔族全體的偏見。更何況自己等人身為米里斯教徒，對於收藏魔族石像會抱有抗拒感。

所以，他把石像又塞回給我。

實驗並不順利。

果然沒有辦法一口氣就得到那麼好的成果。

還是說，一定要拿出美少女人偶才行得通呢？

要不要從現在開始試著研究把瑞傑路德的人偶做成女性版本的可能性？

不，那種做法根本沒有意義。

「你居然做了這樣的東西……」

返回米里希昂的途中，瑞傑路德仔細觀察人偶並頻頻感嘆。

「對啊，魯迪烏斯很擅長製作這種東西！」

看到這一幕，不知為何艾莉絲一臉自豪。

儘管這次被退貨，但我製作的人偶都能賣出相當不錯的價錢。

畢竟是能受到獸族劍王大人以及某國王子賞識的絕佳作品。

即使稱為王室御用品也不為過。

我正感到滿心得意……

「但是，這個姿勢滿是破綻。」

「對啊，這姿勢不太好。必須把重心放得更低……」

結果最後卻被挑出缺點。

妞〇～（註：出自《涼宮春日系列》衍生作品《小鶴屋學姊的四格》中主角小鶴屋學姊的口頭禪「妞攏～」）

★　★　★

三日後，聚餐的前一天。

明天就是家族聚餐，我卻沒有衣服可穿。

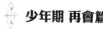

儘管那間餐廳沒有著裝守則，但是在魔大陸上購買的衣服拿到這邊來穿會顯得有點寒酸。

所以呢，我帶著艾莉絲去逛了好幾家服飾店。

也就是所謂的約會。

話雖如此，實際上這趟外出並不是那麼有情調。

因為艾莉絲在買衣服這檔事上不太積極，反而表現出「無論哪件都可以吧？」的態度，所以我想連她的衣服也一起先買好。

畢竟接下來是人族的領域。據說外表會造成先入為主的印象，所以我們至少要打扮成不會被人只看一眼就遭到輕視的模樣。

要是能有哪個比較清楚最近服飾流行的人士在場，我就能向對方尋求建議。然而在我認識的人物當中，符合這條件的對象大概只有猴子臉新人和維拉吧。我不知道猴子臉新人跑哪裡去了，跟維拉的交情也沒有好到可以去麻煩她幫忙。

所以我決定仔細看看路人，根據他們的打扮來判斷。

我和艾莉絲一起在路邊坐下，以興趣是觀察人類的態度開始研究。

雖說只是比例稍微高了一點，不過穿著藍色衣服的人確實較多。

更進一步來說，有些人穿著外衣也有些人沒穿。而且因為天氣好，上衣看起來也都比較輕薄。

「最近流行的顏色好像是藍色。」

「魯迪烏斯你不適合穿藍色。」

艾莉絲很乾脆地全面否定。

算了，其實我也完全沒興趣追求流行的最前端。

「那麼，妳覺得什麼樣的衣服比較適合我？」

「你不是有一件從基斯那裡要來的衣服嗎？那件就可以了。」

她是指那件毛皮背心嗎？

可是那件背心的尺寸有點太大。因為下襬過長，我穿起來就成了大衣。

不過舒適度還不錯，我在天氣比較冷時還是會拿來穿……

「那件雖然也不錯，可是有點太長。」

「是啊，的確有點太長。要不要改短？」

「改短感覺很可惜，畢竟我還是會長高嘛。」

我們一邊這樣閒聊，同時決定好要買什麼。

到頭來並沒有用掉多少時間，果然是因為我本身和艾莉絲都對服飾興趣缺缺吧。

不過，艾莉絲最後卻買了一件黑色連衣裙。

是一件感覺滿時髦的洋裝，布料的底色為黑，還繡有白色的薔薇花紋。

「艾莉絲，妳要買那件裙子嗎？」

「……什麼嘛，你有意見？」

「不，我覺得很適合妳。」

「哼！我才不需要客套話。」

我們的購物行程就在這種對話中結束。

聚餐當天。

我在出門前跟瑞傑路德與艾莉絲說了一聲。

「我今天晚上要去跟我爸吃飯。」

瑞傑路德聽到這句話，臉上的表情像是鬆了一口氣。

「嗯，去吧。」

他的眼裡帶著暖意。

既然瑞傑路德會露出這種表情，我想果然是因為他希望我能和保羅維持良好關係吧。

其實他不必特別提醒。

今天要不受外人打擾，去跟保羅好好培養一下感情。

「我也要去！」

結果，艾莉絲卻雙手抱胸，以慣用的那個站姿俯視著我。

「呃……」

「什麼嘛！不行嗎？」

如果之前沒發生過那種事，我現在應該會表示歡迎，問題是艾莉絲對保羅還抱著敵意。

甚至強烈到說成殺意也沒有問題。

儘管我並非無法理解她的心情，但我已經決定要和保羅和好。

如果只是這樣，我還可以為了讓艾莉絲與保羅也相處愉快而主動處理安排，然而今天基本上是我們相隔好幾年的家族聚餐。

何況我和諾倫之間的關係也尚未改善。

順便再提一件事，我已經說過會一個人參加。

「艾莉絲，妳可以在旅社裡等我回來嗎？」

於是，我決定要求艾莉絲自我克制一下。

我總不能帶著炸彈衝進失火的山林裡。

要等自己和艾莉絲的關係變得更密切後，才能帶著她一起前往現場。

「不要！我也要去！」

算了，我就知道艾莉絲會這樣說。

畢竟她的字典裡根本沒有「自我克制」這個詞語。

「能不能請瑞傑路德先生你也表示什麼意見呢？」

「……」

我開口提議後，瑞傑路德把手搭在下巴上，似乎在思索什麼。

然後他露出像是在瞪人的尖銳眼神，來回看著我和艾莉絲。

「不，既然你和父親已經和好那就沒問題了吧？兩個人一起去吧。」

嗚喔，結果他選擇與我對立。

明明上次他不惜毆打艾莉絲也要阻止她……

真沒辦法。二對一，這次就採用民主主義吧。

「既然瑞傑路德先生也這樣說……」

「哼！這是當然的結果！」

「但是艾莉絲，我想要和父親大人維持良好的關係，所以妳要好好守規矩喔。」

「…………我知道啦！」

根據我的經驗，這個「知道」是艾莉絲根本沒搞懂時的隨口回答……

真的不要緊嗎？

之後我換上剛買來的新衣服，嶄新的我——新．魯迪烏斯動身前往餐廳。

穿著那件連身裙的新．艾莉絲也一起行動。

我盡量避開小巷。

因為小巷子裡有很多綁架犯，有的地方可能會刮起腥風血雨。

要是衣服被血弄髒那就糟糕了。

然而大街上也充滿危險。由於現在是用餐時間，有不少在攤位上買了類似烤雞串的傢伙正在路上晃來晃去。如果不小心撞上，會被醬料染到是不言而喻的後果。

另外，萬一艾莉絲和那些人起了衝突，伯雷亞斯拳讓對方噴出的鮮血，恐怕會讓我們的衣服也被染成一片鮮紅吧。

因此，我解除魔眼的封印。

一邊確認一秒後的景象，同時華麗地避開混雜人群。

——沿路這樣浪費能力後，我們終於到達餐廳。

「Rage Milis」。

因為雪拉說要預約讓我有點緊張，結果只是普通的餐廳。

是一間沒有附設旅店的酒館，客人似乎以市民為主，沒有那種浮躁危險的感覺。

把名字告訴店裡的服務生後，我和艾莉絲很快就被帶往座位。

關於人數問題，並沒有特別受到刁難。

「不好意思，我們是不是遲到了？」

位子上坐著苦笑的保羅和不高興的諾倫。

「不……抱歉啊，不知道雪拉為什麼那麼當一回事。其實我有說過在平常那間酒館就可以了……」

「偶爾換一下地方也不錯吧。」

我邊說邊打算坐下，才發現艾莉絲擺出和諾倫相似的不爽表情，趕緊停止動作。

雖然雙方並不是第一次見面，不過還是重新介紹一下比較妥當。

「呃，父親大人。這位是艾莉絲。就是我之前跟您提過的菲利普先生家的千金，也是伯雷亞斯家的……」

「嗯，沒關係，我知道。」

保羅站了起來，像是要打斷我的介紹。

他面向艾莉絲站直身子，把手放到胸前，稍微低下頭。

這個致意動作和菲利普一樣俐落優美。

「初次見面。我是魯迪烏斯的父親，保羅．格雷拉特。」

「……咦……我是……艾莉絲．格雷拉特。」

一臉驚訝的艾莉絲本來想轉頭看我，最後仍舊把視線放在保羅身上。

然後她保持不高興的表情，拉起裙子兩端，以生硬動作回禮。

看起來就像是錯過了抓狂的時機，也沒有找到機會怒吼。

真有一套啊，保羅。不愧是他，果然很擅長應付女性。

是說，原來保羅也能做到那種致意動作啊。

「好啦，坐下吧。」

不管怎麼樣，格雷拉特家的聚餐終於開始。

總之，我和艾莉絲先雙雙就座。

艾莉絲目前雖然很安靜，然而一旦發生什麼事，恐怕就會立刻動手。

保羅的表情也很僵硬。

至於諾倫，還是把臉轉向旁邊。

氣氛實在很差，把艾莉絲帶來這裡果然是失敗的決定嗎？

看樣子這樣想的人並不是只有我一個。保羅也面帶困擾表情，對著諾倫說話：

「來，諾倫。是哥哥喔，要打招呼。」

「不要！我才不要跟打爸爸的人一起吃飯！」

聽到這句話，艾莉絲板起臉想要開口，但保羅搶先一步斥責諾倫。

「不可以說那種話。就算是爸爸，做錯事也會被打啊。」

「爸爸才沒有錯！」

諾倫鼓著臉頰，以非常可愛的模樣鬧起彆扭。

「爸爸和哥哥已經和好了。是吧，魯迪？」

哎呀，話題突然轉到我身上。

但是，這裡就讓我以機智風趣的回答來展現出自己擁有高水準的溝通能力吧。

「當然，甚至我們還可以親嘴喔。」

「啊？」

「咦？」

現場氣氛瞬間凍結。

保羅討厭和兒子親嘴嗎……仔細想想，我也不願意和自己老爸親嘴。

這下失言了。

「總……總之……爸爸和哥哥感情很好，所以諾倫也要跟哥哥好好相處喔，好嗎？」

「不要！」

保羅輕拍著諾倫的頭。

諾倫擁有一頭漂亮的金髮。

看到她的頭髮會讓我想起塞妮絲。

塞妮絲每次碰上不合意的事情，也是會像這樣鬧彆扭，讓保羅很為難。

說不定諾倫的這種部分就是遺傳自母親。

諾倫任由保羅這樣摸著自己，過了一會兒，才突然狠狠瞪向我這邊。

她或許是想要展現出威嚇的氣勢，然而這種微微往上看的模樣怎麼看都很可愛。

「爸爸他明明很努力！」

我立刻理解她是在對我說話。

所以，我也開口回應：

「嗯，我知道。」

「也沒有跟女生玩！」

「這我也聽說了，很抱歉我不該懷疑他。」

「還有對我也很好！」

諾倫的眼裡逐漸浮出淚水。

不妙，我剛剛有說了什麼過分的發言嗎？要是把她惹哭，會讓人有點困擾。

「而且爸爸他啊，看起來總是很想哭的樣子！」

「……是那樣嗎？」

「不，呃……最近是有點……」

面對眼中含淚的諾倫，我和保羅有點驚慌地一問一答。

「爸爸他很可憐啊！」

「……」「……」

「居然打他，實在太過分了！」

看著諾倫這種態度，我在內心深深嘆息。

當初諾倫和保羅一起轉移，這段經歷我已經聽說了。

諾倫在途中生了場病，好像也遭到魔物襲擊。

一直保護她至今的人是保羅。

和母親分離，和女僕分離，和妹妹分離……在不安壓迫內心的情況下，保羅是諾倫唯一的同伴，也是唯一能依靠的家人。

結果卻有一個傢伙突然出現，跨坐在保羅身上痛毆他。

這種狀況很有可能導致諾倫受到精神創傷。

「諾倫，那是因為爸爸……」

「父親大人，沒關係。這也沒辦法。」

起碼要等諾倫再長大一點，或許還有機會靠溝通來解決。

然而以她這個年紀來看，恐怕很難辦到那種事。

我和保羅都有犯錯，而且也互相承認彼此過失並接受一切——只是諾倫還過於年幼，沒辦法讓她理解這些事情。

「畢竟諾倫還小。而且啊，如果我站在相反的立場，也不會原諒毆打父親的傢伙。」

所以現在被諾倫討厭是無可奈何的事情。

等過了幾年之後，再找機會慢慢跟她溝通。

我想到那個時候，諾倫也一定能夠明白。

時間雖然有限，還是具備能讓往事沉澱冷靜下來的力量。

「不。」

然而保羅似乎不贊同我的想法。

「你們兩人或許是只剩下彼此的兄妹了，必須要好好相處才行。」

只剩下彼此的兄妹。

聽懂這句話後，我皺起眉頭。

「父親大人，請不要說出那麼不吉利的發言。」

「……也對，抱歉。」

哎啊，這下不好。

氣氛變凝重了。

我應該要識相一點。

「話說回來，父親大人。這間餐廳的招牌菜是什麼呢？我今天沒吃午餐，肚子已經餓扁了。」

儘管我話題轉得如此明顯，保羅似乎還是有察覺到我的用意。

他帶著僵硬微笑回答：

「嗯，這個嘛。例如材料來自南方海域的海鮮濃湯，這很好吃。還有牛肉，這一帶有很多養牛的農家，而且和阿斯拉的牛肉口味不同，通常採用燉煮方式調理，不過味道濃厚紮實，會讓人上癮。」

「真是讓人期待，在魔大陸上，肉類實在是難吃到不行。」

「是大王陸龜的肉吧？魔物的肉基本上都很難吃。」

我和保羅就像這樣打開了話匣子，然而諾倫還是把臉轉開。

雖然保羅跟她搭話時還願意回答，但是卻堅決不肯看我。

即使我一直告訴自己這理所當然也無可奈何，不過還是有點受到打擊。

想到我自己沒多久之前才對保羅做過同樣的事情，不由得胸中一痛，真是對不起保羅。

艾莉絲似乎對諾倫的態度很是不滿，一直看著她那邊。

我希望艾莉絲千萬別發作……但目前還是別插手吧。

「對了，父親大人。我有一件事情想請教您。」

「什麼事？」

「您有聽過賈修．布拉修這個人嗎？」

「……不，沒聽過。這名字是從哪裡聽來的？」

於是，我提到瑞傑路德帶回來的那封信，並試著打聽一些情報。

因為有謄錄紋章的圖案，所以也拿給保羅看。

「羊、鷹、劍……是守護騎士的家系。不過，我對賈修．布拉修這名字沒有印象。畢竟我對米里斯貴族也不是那麼清楚……」

「是這樣啊……雪拉小姐有可能會知道嗎？」

「這個嘛……我再幫你問問看吧。」

雖然瑞傑路德帶回來的信件讓我產生一抹不安，但這話題還是就此結束。

之後，我們又開始閒聊。

聊到了我的生日。

聽說在我十歲生日的約一個月前，森林裡魔物的行動突然變活躍了。保羅和塞妮絲忙著因應這種狀況，根本沒有空寄出生日禮物。

這種現象本身在我生日的前一天沉靜下來，他們正打算要快點把禮物送出，結果卻遭到轉移。

聽了這些事情，艾莉絲把嘴巴噘得老高，簡直可以吊豬肉了。

話說起來，在我十歲生日時，艾莉絲知道保羅不能來之後，還表現出為我感到難過的態度……

「順便問一下，您打算送什麼給我？」

「我是要送護手。雖說拿這種在倉庫裏翻到的東西送你讓我有點過意不去，不過基本上那是在迷宮深處找到的魔力附加品。而且像羽毛般輕盈，對我來說尺寸不合，但魯迪你應該可以使用。」

「喔～原來有那種東西啊。」

「嗯，塞妮絲說她送的禮物是祕密，至於莉莉雅則是以滿意表情看著一個上了鎖的小箱子，我想那就是禮物吧。」

「小箱子嗎？」

不知道裡面是什麼，讓人有點介意。

不過一直去計較無法拿到手的東西也很沒意義。

接下來我們談論到關於塞妮絲娘家的事情。

聽說塞妮絲的娘家是培育出多名優秀騎士的名家，然而塞妮絲等於是被斷絕了親子關係，所以我的外祖父母原本似乎並不打算去尋找她的下落。

不過見到諾倫後，態度卻有了一百八十度的大轉變。

看來無論是哪個世界，祖父母都很疼愛孫子。

「如果我也去見他們，是不是能得到更多資金呢？」

「不，你應該會造成反效果吧……」

「……我想也是。」

我是可以靠演技裝出可愛孫子的模樣，但是感覺會自掘墳墓。

還是別亂來吧。

聊著聊著，餐點終於上桌。

「好了，吃飯吧。要先吃哪一個呢……」

保羅很故意地拿著叉子亂晃。

「肚子的確餓了……」

喃喃這樣說著的艾莉絲也睜大發亮的雙眼，觀察放在桌上的各式料理。

這兩個人反而更像父女。

聽說保羅和菲利普是堂兄弟，說不定他們其實也很相似。

不過畢竟諾倫也在場，我要稍微表現出身為哥哥的風範。

「父親大人，您這樣太沒規矩——」

「爸爸，不對！吃飯前要好好祈禱才行！」

我才開口講出半句話，諾倫也以像是臨場反應的態度這樣大叫。

她面露訝異表情看向我，很快又把頭用力撇開。

「哈哈，這下只能投降……」

「……我知道啦。」

保羅搔著後腦，艾莉絲則是心不甘情不願地重新在椅子上坐好。

之後，眾人一起進行米里斯式的祈禱。

這是只要握起雙手，閉上眼睛幾秒鐘的祈禱。

雖然我和艾莉絲，還有保羅恐怕都不是米里斯教徒，不過這就跟日本人吃飯前的「我要開動了」差不多。所謂入境隨俗，因此沒有任何人抱怨，大家都擺出這動作。

只是祈禱結束後，不知道是不是我多心，總覺得艾莉絲和諾倫的心情似乎變好了。

後來我們繼續閒聊，開開心心地吃完這一餐。

說是開心，實際上只有我和保羅在努力交談。諾倫直到最後都把臉撇開不肯正面看我，艾莉絲也自始至終都保持沉默。

保羅好幾次有意向艾莉絲搭話，不過大概是感覺到她身上迸發出的殺氣，結果還是沒能開口。別主動惹事生非方為上策就是這麼一回事吧。

艾莉絲離開餐廳後，低聲講了一句：「哼！看來他這次沒打算動手。」

我不願去想像如果保羅對我怒吼甚至出手打人，艾莉絲到底會如何反應。

不過因為保羅什麼都沒有做，我感覺艾莉絲對他的殺氣似乎略有緩和。

那麼，這次的聚餐應該算是很有意義吧。

轉眼之間，一星期過去了。

今天是啟程的日子，地點是冒險者區的入口。

當我們正準備搭上馬車邁向旅程時，保羅前來送別。

「魯迪，你也可以再待久一點啊。」

保羅雖然講出這種天真發言，但我只想說時機已過。

「要是一直認為可以再待一下，再待一下，感覺會拖拖拉拉地在這裡耗掉一年以上。」

「你跟諾倫也還沒有和好啊。」

「關於我和諾倫之間的關係，等找到其他三人之後再處理也還不晚。」

而且……我偷看艾莉絲一眼。

艾莉絲正被瑞傑路德抓住後領，以惡鬼般的表情瞪著保羅。

我原本以為她可以迅速轉換情緒，看樣子沒那回事。

「想見到家人的人，不是只有我一個。」

「是嗎……但是伯雷亞斯家恐怕已經……」

「請不要再說了。」

我伸手制止面帶為難表情的保羅繼續說下去。

「說不定只是情報沒有順利傳達，實際上等我們到達菲托亞領地時，菲利普大人和紹羅斯大人可能都已經回到那裡了。」

「……是嗎，也許吧。但是，魯迪。」

保羅換上認真表情。

「我勸你不要太樂觀。就算菲利普等人能夠順利回去，以那場災害的規模來說，還不知道事態會如何演變。」

「這話是什麼意思？」

保羅稍微壓低音量如此說道：

「也就是菲利普的哥哥詹姆士很有可能會為了自保，把所有的責任都推到哪個人身上。」

聽他這麼一說，我也認為這的確是有可能發生的狀況。

紹羅斯是領主，菲利普是市長。他們是領地的負責人。

即使能夠平安回到領地，失去領土、領民的責任依舊會緊跟著他們。

儘管我不清楚根據阿斯拉王國的法律，貴族要如何負起責任，不過至少……就算他們兩人能順利返回故鄉，也不可能直接開始運用身為領主的卓越能力吧。

甚至其他人為了堵死菲利普他哥哥的退路，並在政治面上徹底擊潰他，所以趁著混亂謀殺這兩人的可能性也很高。

「萬一真的發生什麼事情，你要好好保護大小姐。或許有哪個傢伙會拿出貴族義務(Noblesse oblige)來囉唆，但你根本不需要理會。」

「是，我會銘記於心。」

我收起表情，重重點頭。

保羅也點了點頭，一臉感到自豪的樣子。

「還有關於那封介紹信，雪拉好像也不清楚是誰寫的。」

「是這樣嗎……」

「不過她有說對方應該不是危險人物。」

「我知道了，請代我向她道謝。」

保羅重重點頭。

接著，他轉過身子，對著後方的少女搭話：

「好了，諾倫。跟哥哥道別吧。」

「……不要。」

諾倫躲在保羅背後。

只探出半張臉偷看的樣子真是可愛。

將來應該會成為和塞妮絲很像的美女吧。

「諾倫，雖然不知道下次會是幾年後，但到時候再見吧。」

「…………不要。」

直到最後，諾倫都不肯正眼瞧我。

我帶著苦笑回到馬車上。

就這樣，我們離開米里希昂，踏上旅程。

★保羅觀點★

魯迪烏斯離開了。

老樣子，這傢伙還是那麼優秀。

他總是接二連三地做出果斷決定，然後毫不猶豫地展開行動。

艾莉娜麗潔曾說過我這人活得太匆忙，要是見到魯迪烏斯，不知道她會怎麼想。

雖然我是很想讓他們見面啦……

不，還是別這樣做比較好。

我可不想成為艾莉娜麗潔的爸爸。

腦中正在胡思亂想，突然有人拍了拍我的肩膀。

回頭一看，原來是個臉上掛著賊笑的猴子臉男。

「喲，保羅，跟兒子好好道別了嗎？」

「基斯……」

對於這個猴子臉男，無論道謝多少次都不夠。

要不是有這傢伙，我和魯迪烏斯肯定還在怪罪彼此吧。

「這次受到你照顧了。」

「就叫你別在意啊。」

這時，我注意到基斯的裝扮看起來像是要去旅行。

「怎麼了，基斯。你又打算去哪裡嗎？」

「雖然還沒決定，但還有很多地方沒找過吧？」

這句話讓我明白基斯願意幫忙繼續搜索。

我受到衝擊。

基斯應該是因為隊伍解散而吃了最多苦的成員。

他沒有戰鬥能力，什麼事都會做但也什麼事都做不到最好，因此其他隊伍不願意讓他加

入，他個人也無法單獨達成任務，到最後不得不放棄冒險者這一行。

即使這傢伙是所有成員中最憎恨我的一個人也不奇怪，就是這種關係。

「我說你……為什麼願意如此設身處地地幫我找人？」

聽到這問題，猴子臉拉高嘴角，一如往常地露出輕浮笑容。

「因為有某種忌諱啊。」

講出一如往常的答案後，猴子臉轉身離開。

我以手扠腰，臉上浮現苦笑。

那傢伙的忌諱未免太多，實在讓人無法理解。

然而，我心裡卻有一種舒暢的感覺，所以目送基斯的背影離去，直到再也無法看見。

「好！」

我喊了一聲提起氣勢，把諾倫扛到肩上。

首先要讓難民長途移動的計畫順利成功。之後，一定要找到家人。

我抱著這種決心，回到米里希昂市內。

閒話「艾莉絲的哥布林討伐」

雖然有點突然，不過來聊聊克里夫・格利摩爾這少年的故事吧。

克里夫現在十二歲，剛好介於艾莉絲和魯迪烏斯之間。

從他懂事時，就已經住在孤兒院裡。

那家孤兒院位於米里希昂市內，可以說是米里斯教團之威信與權威的象徵。

因此當然不需要為孤兒院的營運狀況煩惱，孩子們在成長時也不會受到限制，一個個被領養離開。

克里夫在這種經濟寬裕的孤兒院裡長大，到了五歲，被現在的人家收養。

對方是名為哈利・格利摩爾的老人。

而且是米里斯教團內裡地位很高的人物。

被哈利收養的克里夫接受精英教育，短短幾年內就迅速學會治療、解毒、神擊等魔術的上級。攻擊魔術方面也能使用所有屬性的中級，甚至火魔術還達到了上級水準。

克里夫是天才。

來自周圍的讚許源源不絕，所有人都抱著期待，認為他將來肯定會成為了不起的人物。

他的幼年時期可以說和魯迪烏斯非常相似。

然而和擁有轉生前記憶的魯迪烏斯不同，克里夫越來越自大。

而且自命不凡到了極點。

畢竟在諸位教師中，也沒有人能像克里夫那樣熟練使用各式各樣的魔術。有能使用聖級治癒魔術的人，也有能使用聖級解毒魔術的人。然而如果所有魔術都要具備上級水準，就只有克里夫一個人辦得到。

由於他擁有如此豐富多彩的才能，開始被形容為孵化後會成為賢者的優秀種蛋。

因此克里夫更加驕傲，也慢慢開始不肯聽從教師們的指導。

將來，克里夫會繼承養父的職業。

儘管他本身很清楚這一點，不過現在的克里夫對冒險者抱有憧憬。

為什麼對象會是冒險者呢？

這是因為受到孤兒院生活的影響。

有很多出身於孤兒院的小孩成為冒險者。如果他們在十歲前沒有找到願意收養自己的家庭，就會被送進米里斯教團經營的學校。

然後在學校裡接受五年的訓練，內容是劍術、魔術等用來戰鬥的課程。就這樣，孩子們紛紛開始從事適合自身才能的行業。

要是學問、劍術與魔術都很優秀，也有機會成為騎士。不過大部分的人還是選擇冒險者這一行。

因此有很多以前的孤兒院成員後來當上冒險者，而這些人經常回來。

一方面是為了探望以前的老師們，另一方面也會對孤兒們講述有趣的冒險故事。

聽了這些故事後，孩子們都對冒險者抱有憧憬。
克里夫也不例外。
當然，他並不認為這個夢想有機會實現。
儘管嚮往冒險者生活，不過他也很理解自己的現狀。既然是孤兒出身，自然沒有耍任性的權利。
所以他可以忍耐……僅限於一開始的時期。
然而拘謹又無聊的生活讓克里夫內心累積了不少悶氣，每天都受到讚揚的日子也讓他越來越自以為是。
有一天，克里夫想到自己可以離家出走，跑去登記成為冒險者。
算是小試身手。
教師當中也有過去曾以冒險者身分大為活躍的傢伙。所以克里夫用「自己也該趁著還年輕時先累積經驗」來作為說服自身的理由，同時開始準備。
他帶著養父在十歲生日時贈送的魔杖，從神聖區來到冒險者區，買了件看起來頗有魔術師風格的長袍，顏色則選了藍色。
接下來他直接前往冒險者公會。
如果登錄為治癒術師，恐怕會立刻被教團發現。不過只要用魔術師名義就沒有問題。
克里夫帶著這種淺薄的見識完成冒險者登錄。

如此一來，自己也成為一個獨立的冒險者。

通往未知世界的大冒險正在等待著他。

克里夫帶著興奮心情環顧四周，才發現身邊都是些壯碩的男性。

看得出來這些人大部分是戰士或劍士。

克里夫曾經聽孤兒院的前輩們說過，無論是哪支隊伍都非常需要優秀的魔術師。因此他認為只要表明自己是魔術師，想必很快就能加入隊伍。

他根本沒有把關於冒險者層級的說明聽進耳裡。

克里夫認為組成隊伍這種事情跟冒險者層級高低沒有關係。

「不，我們沒辦法跟你組隊。」

所以當然會遭到拒絕。

被冷淡拒絕的克里夫再三碰壁，到了第四次後，忍耐力到達極限。

「為什麼！為什麼我不能加入隊伍！」

「就說是因為彼此層級不同啊。」

「層級又怎樣！我其實擁有A級左右的實力啊！是因為沒有其他辦法，才願意好心忍受你們成為我的隊友耶！」

「你說什麼……小鬼，你可別太囂張！你以為只隔著這點距離，找人挑釁的魔術師還有機會打贏嗎……？」

「你們明明是只會耍劍的廢物，到底在囂張什麼！」

「這個死小鬼……」

克里夫胸前的衣服被對方一把抓住，然而他心裡卻盤算著，如果能想辦法打退這傢伙，是不是就能顯示出自己的實力。

「快住手，這種行為太幼稚了。」

說出這句話並插手這場爭執的人，是一個看起來和克里夫年紀差不多的紅髮少女。

★
★
★

回溯一下之前的情況。

艾莉絲．伯雷亞斯．格雷拉特和魯迪烏斯等人分開行動後，自行前往冒險者公會。

她臉上帶著會讓旁人也忍不住微笑的開心表情，迅速地在大街上前進。

服裝一如往常，呈現出冒險者的風貌。

厚實的衣服，皮革製的護具，下半身是皮褲搭配靴子，鞋底還使用了輕薄但堅固的素材。

腰上插著劍，任何人都能一眼看出她是劍士。

她今天沒有戴著平常的兜帽。因為要是在冒險者公會裡戴著那頂兜帽，就會被當成魔術師，遭到奇怪男子搭訕。艾莉絲在這一年以來已經碰過很多次這種經驗。

最後艾莉絲終於到達冒險者公會的門前。

米里希昂的冒險者公會位於大街的盡頭。

不愧是總部，是冒險者區裡最大的建築物。

艾莉絲並沒有被威風凜凜的巨大入口給嚇倒，她邁步踏入其中。

但是看到規模驚人的大廳後，她差點不由自主地雙手抱胸。因為這裡不只比羅亞老家的宴會廳還大，也比過去見過的每一間冒險者公會都寬廣。

如果是剛成為冒險者的少年少女，目睹如此廣大的公會，恐怕會裹足不前吧。

不過，這次來到此地的人是艾莉絲。

一個A級，可獨當一面的冒險者。所以她立刻前往目標方向。

也就是張貼委託的告示板。

比其他公會還大上許多的這面告示板上貼滿了委託案件。

艾莉絲雙手抱胸，開始瀏覽內容。

她今天的目標並不是平常會確認的B級委託，而是E級水準。

艾莉絲在那些E級委託中尋找被分類成自由委託（Free Quest）的案件。

所謂的自由委託，是指國家定期提出的委託。雖然報酬偏低，但由於緊急度較高，無論哪個層級的冒險者都可以承接。

魔大陸上不會看到這類委託，因為那裡沒有國家。

艾莉絲在其中找到了這次的目標。

自由委託

・工作：討伐哥布林。
・報酬：一隻耳朵支付十枚米里斯銅幣。
・工作內容：減少哥布林的數量。
・地點：米里希昂東方。
・期間：無　・期限：無
・委託人姓名：米里斯聖堂騎士團。
・備註：新人要特別小心偶爾會出現的大型哥布林（Hobgoblin）。此外，請不要撕下這張委託單，直接把收集到的素材拿到櫃台即可。

哥布林是棲息在森林和平原交界處附近的魔物。

外觀呈現人型，可以使用簡單的武器，但聽不懂人族語言。如果只有幾隻還可以放著不管，然而放置太久就會大量繁殖，最後成為開始襲擊周遭村莊的有害魔獸。

話雖如此，因為牠們棲息於森林外圍，所以也可以成為防波堤，抵禦來自森林裡的魔物。

另外哥布林很弱，就算是稍微學習過劍術的少年也足以應付牠們。

冒險者公會利用這一點，準備了對新人來說相當合算的報酬，把討伐哥布林作為討伐類委託的入門案件，幫忙介紹給冒險者。

另外，儘管艾莉絲並不知道這件事，不過哥布林這種生物也能夠拿來當成拷問敵國間諜的道具。

基於以上種種理由，在米里斯並不會把哥布林趕盡殺絕，而是不縱放也不清光，會適度調整牠們的數量。

那麼，實力方面已經獲得瑞傑路德的保證，面對一般C級冒險者甚至可以空手壓制對方的A級冒險者艾莉絲，為什麼事到如今還想承接這種委託呢？

有兩個理由。

首先，單純只是因為這是艾莉絲的憧憬。

憧憬的對象是她以前短暫上學時，班上男同學聚集在一起討論的話題。

話題的內容是：「如果自己以後成為冒險者該怎麼辦？」

首先要討伐哥布林，靠這樣來累積實力和金錢，將來再前往中央大陸的南部，挑戰高難度的委託和迷宮。就是這類的夢想。

艾莉絲在旁邊聽著聽著，也開始想像總有一天自己也要那樣。

她的妄想越來越誇張，所以開口要求正在熱烈討論的男同學們也讓自己加入，卻因為很多原因彼此起了衝突，艾莉絲把三人都撂倒了。

後來艾莉絲被學校退學，認識基列奴，每次聽她講述過去經歷時，對冒險者的憧憬就變得更加強烈。等到和魯迪烏斯相遇後，更是整天都夢想著要和魯迪烏斯一起出外冒險。

艾莉絲自己是劍士，魯迪烏斯是魔術師。

可以兩個人一起去挑戰迷宮。

然而，實際邁上旅程後，艾莉絲才明白現實與夢想不同。尤其是魯迪烏斯務實又冷漠到超乎她的想像，還認為迷宮很危險所以完全不肯靠近。要是艾莉絲提議去討伐哥布林，魯迪烏斯肯定會帶著不以為然的表情反問有何意義吧。

艾莉絲本身也是曾以冒險者身分闖蕩過魔大陸的人。

在目前的狀況下，她的確找不出討伐哥布林的行為具備什麼意義。

然而，先不管有沒有意義。因為對艾莉絲來說，討伐哥布林是在「自己成為冒險者後想做的事情列表」裡排行第一的項目。

就算沒有意義，依舊是她很想嘗試的冒險。

這是理由之一，至於另一個理由……是祕密。

「太陽下山前來得及回來嗎……？」

艾莉絲一邊確認委託內容，同時計算來回所需的時間。

這次要徒步前往。儘管目前時刻還是早上，但行動時還是要多留點時間會比較好吧。

「嗯？」

這時，她突然注意到F級之外，在公告欄的外側貼著一張留言。

「出身於菲托亞領地的難民請與下列人員聯絡。」

看到這邊，艾莉絲轉開視線。

她在贊特港的冒險者公會也有看到同樣的留言。

魯迪烏斯並不會提起菲托亞領地的事情。艾莉絲認為一定是因為他特別體貼，不願讓自己感到不安。今天的各自行動，大概也是因為魯迪烏斯想為了這件事做點什麼吧。

艾莉絲自認無法理解複雜的問題。

而且就算自己不想那麼多，魯迪烏斯應該也會幫忙仔細評估。所以艾莉絲認為只要時機到了，魯迪烏斯就會以她也能理解的方式確實說明。

艾莉絲連作夢都沒有想到，原來魯迪烏斯根本不知道這留言的存在。

「好啦！」

確認完委託內容後，艾莉絲意氣風發地打算離開公會。

接下來只要前往米里希昂東方，好好討伐哥布林。

照艾莉絲目前的幹勁，大概會有一兩個巢穴被全面摧毀吧。現在已經沒有任何東西可以阻止她前進，只能為可憐的哥布林們演奏安魂曲。

「為什麼啊！」

原本應該是這樣，但突然響起的大叫聲卻讓艾莉絲停下腳步。

她轉頭看向聲音來源，發現有個少年正在被比他高了大約兩倍的男子們團團圍住。

「為什麼我不能加入隊伍！」

這個大吼大叫的少年身穿藍色長袍。

身高比魯迪烏斯矮了一點，頭髮是棕褐色。

長長的瀏海蓋住眼睛，手上的魔杖雖然沒有魯迪烏斯的「傲慢水龍王」那麼高級，不過根據魔石的大小，還是看得出來使用了相當高價的材料。

艾莉絲自然而然地判斷自家的地位比較高。

「我其實擁有A級左右的實力啊！是因為沒有其他辦法，才願意好心忍受你們成為我的隊友耶！」

聽到如此傲慢的發言，周圍的人當然都很火大。

就算是艾莉絲本人，要是有人膽敢對她說這種話，恐怕已經不吭聲直接開扁了。

「你說什麼……小鬼，你可別太囂張！你以為只隔著這點距離，找人挑釁的魔術師還有機會打贏嗎……？」

「你們明明是只會耍劍的廢物，到底在囂張什麼！」

「這個死小鬼……」

胸前衣服被對方一把抓住的少年雖然還擺出似乎綽有餘裕的態度，但艾莉絲並沒有漏看他的雙腳正在微微顫抖。所以艾莉絲往前走，介入雙方之間。

「快住手，這種行為太幼稚了。」

如果魯迪烏斯在場，一定會驚訝得目瞪口呆吧。

「太幼稚了」。按照艾莉絲平常的表現，根本無法想像她會講出這種話。

順道一提，艾莉絲正陶醉於自己的行為。她心想自己是A級冒險者，比那些被惹火的男子們等級更高。看到這些人在欺負新人，所以出面勸解。真是太帥了。

儘管這是平常瑞傑路德會對艾莉絲做的事情，不過她現在把這件事整個拋到腦後。

「……嘖，說得也對，的確太幼稚了。」

男子很乾脆地放開少年。

艾莉絲心裡已經預先假設好要和男子展開戰鬥的發展，所以有點失落。

「我說你們幾個，走吧！」

男子們離開現場，只剩下那個少年。

艾莉絲擺出裝模作樣的表情，等待少年道謝。

「謝謝妳幫助我，請問妳是？」

「我只是無名小卒。」

「不，至少請讓我知道妳的名字。」

「是這樣嗎？那麼我就告訴你，我是『Dead End』的瑞傑路德吧。」

她還想像出這番對話。

順便說一下，這是魯迪烏斯偶爾會做的事情。

「誰要妳救我啊！」

結果少年卻吼出這句話，讓艾莉絲原本得意的表情整個凍結。

「那點小事，靠我的魔法就能應付！誰叫妳擅自冒出來還擅自解決啊！這個醜女！」

這少年很幸福。

畢竟他只挨了一擊就直接昏倒。而且，剛剛那些人還待在附近。

要不是有他們拚命阻止抓狂的艾莉絲，想必少年一定會失去身為男性很重要的兩顆蛋。

★ ★ ★

心情有點差的艾莉絲來到米里希昂的入口。

她的情緒通常轉換得很快，然而目前還是不太高興。為什麼呢？

「等等！請妳等一下！」

因為少年清醒之後，居然跑出公會追了上來。

「先前真是非常抱歉，那時我有點驚慌……」

少年這樣說完，很有禮貌地低下頭致意。多虧他這樣做，讓艾莉絲不高興的程度縮減到「稍微」的範圍內。少年可以說是死裡逃生。不過基本上，要是他那時挨了一擊後沒有昏倒，大概也不需要做出追趕艾莉絲的這種沒教養行為吧。

「我叫克里夫，克里夫．格利摩爾！」

「…………我是艾莉絲。」

艾莉絲原本想拿出「Dead End」的名號，最後還是作罷。

畢竟自己忍不住動了手，不能對這種人報上瑞傑路德的名字。

「艾莉絲小姐嗎！真是好聽的名字！看這打扮，妳是劍士吧！請妳一定要和我組隊！」

看到克里夫擋在大街正中央講個沒完，艾莉絲反射性地起了想把他痛毆一頓的念頭，但姑且忍下。

「我不要。」

艾莉絲用力把頭一甩，轉身走開。

老實說，她不習慣對應這種人。

因為被她打過之後還敢繼續靠近的人，基本上只有魯迪烏斯而已。

「是那樣嗎？那麼，至少請讓我從後方幫忙支援！我是眾人稱讚為能成為賢者的優秀種蛋，一定會派上用場！」

如果魯迪烏斯也在場，看到對艾莉絲展開積極攻勢的克里夫，肯定會在內心破口大罵：

「什麼叫能成為賢者的優秀種蛋？反正你一定是未受精蛋吧，這個童貞混帳！」

但是艾莉絲不會講出這麼沒水準的謾罵。

她只會心想既然是顆蛋，就敲破然後煎成荷包蛋吧。

「我認為艾莉絲小姐妳一定沒看過我這種水準的魔術師，畢竟我比隨便那些個A級魔術師還要厲害。」

聽到這句話，艾莉絲覺得很不爽。

講到她心裡最高明的魔術師，當然是魯迪烏斯。

魯迪烏斯是連那個瑞傑路德都願意另眼相待的魔術師。雖說他的確是A級，不過艾莉絲才不願意魯迪烏斯也被歸類成「隨便那些個」。

「總之，請妳一定要親眼確認一下！」

那我就看看你到底實力如何吧……艾莉絲心想。

「好吧，你跟著我來。」

「是！」

於是，艾莉絲和克里夫展開討伐哥布林的任務。

★★★

七隻哥布林被瞬間燒燬。

「如何！很厲害吧！一般的魔術師可辦不到這種事！」

克里夫環視被全滅的哥布林，臉上一副「怎麼樣啊？」的表情。
哥布林們完全被燒成焦炭，呈現無法取得耳朵的狀態。
「是嗎？根本不厲害啊。」
艾莉絲並非嘴硬，而是打心底如此認為。
上級火焰魔術「獄炎火彈（Exodus Flame）」。
她曾經看過魯迪烏斯使用這一招。那時他並沒有像克里夫這樣囉哩囉嗦地詠唱了一大串，而且威力也強大得多。不過，如果是魯迪烏斯，想必不會對區區哥布林用出這種魔術。
因為魯迪烏斯肯定不會犯下無法取得報酬用耳朵的失敗。
另外，由於艾莉絲原本是想看看克里夫的實力如何，所以在詠唱結束之前，她都負責牽制住哥布林的行動。結果克里夫在詠唱結束後卻什麼都沒說，害她差點被魔術波及。
如果是魯迪烏斯，絕對不會做出那麼危險的行為。
「艾莉絲小姐妳似乎對魔術不太清楚呢。妳知道嗎，其實魔術這種東西……」
克里夫發表了長篇大論，解釋魔術可分為初級到上級，還有更高的等級；然後剛剛自己使用的是上級魔術，這可是連一般大人也沒有能力使用的魔術云云。
當然，艾莉絲知道這些知識，因為魯迪烏斯上課時有教過。
而且比起克里夫的說明，魯迪烏斯的課程好懂十倍。
「這下妳應該可以明白，我的實力到底有多強大了吧？」

艾莉絲很想給克里夫一拳。

她覺得自己好不容易能來進行嚮往已久的討伐哥布林之旅，結果卻被這傢伙徹底糟蹋。

因此艾莉絲繼續保持那個雙手抱胸張開雙腳的大搖大擺站姿，冷酷地對克里夫說道：

「已經夠了，看你派不上什麼用場，你回去也沒差。」

如果是魯迪烏斯，這時他應該會選擇暫時撤退吧。

然而克里夫完全不會察言觀色。

「妳在說什麼啊！我怎麼能讓光是幾隻哥布林就會陷入苦戰的艾莉絲小姐單獨行動呢！」

等艾莉絲回神時，她的拳頭已經自動揮了出去。

鼻血直流的克里夫壓住臉，然後立刻詠唱治療術，止住鼻血。

「妳怎麼這樣！」

「嘖！」

艾莉絲咂了咂嘴。

因為不能把克里夫打昏並丟在野外平原上不管，因此她手下留情，結果似乎反而讓對方更得意忘形。

不得已，只能再給他一拳。這樣想的艾莉絲剛握緊拳頭，克里夫總算察覺正確狀況。

「呃，我當然知道！我知道艾莉絲小姐很強！那麼，接下來去森林裡看看吧？因為哥布林沒辦法讓我發揮出真正的價值。」

克里夫的發言並沒有其他用意。

主要是想在艾莉絲面前展現自己的驚人實力。

不過他的心態絕對不是想讓喜歡的女孩見識自己的帥氣一面。

單純只是想要沉醉於自身很強的優越感裡而已。

「不可以去森林。」

艾莉絲簡短回絕。

不可以去森林。這是魯迪烏斯經常掛在嘴上的叮嚀，瑞傑路德也贊同。

因此，艾莉絲只能乖乖聽話。

「艾莉絲小姐這樣的人居然會害怕嗎？」

「我才不怕！」

然而，艾莉絲還是個單純少女。只要對方用這種激將法，隨隨便便就會上鉤。

畢竟伯雷亞斯家的成員不能被一個區區新人冒險者瞧不起。

「你說森林吧！好，走吧！」

就這樣，兩人踏進昏暗的森林。

「雖然是森林，但米里斯的森林沒什麼大不了嘛。」

艾莉絲邊說，邊隨手砍死一種叫作烏坦(Utan)的猩猩型魔物。

雖然這是D級的魔物，但不是艾莉絲的對手。
「對啊，對我來說也不算什麼！」
克里夫也使用中級魔術打倒烏坦，同時越來越深入森林。
「啊！」
這時，艾莉絲突然大叫。
「怎麼了，艾莉絲小姐！」
克里夫似乎很開心地靠近艾莉絲。
艾莉絲卻露出明顯的厭惡表情。
然後她雙手抱胸，雙腳張開與肩膀同寬，抬起下巴俯視克里夫，
「我說你，有確實記住回程的路嗎？」
「沒有。」
當然，克里夫沒有在顧慮那種問題。
因為這次是一時興起的行動，兩人都沒有帶著進入森林時必須的裝備。
「是嗎，那我們迷路了。」
艾莉絲平靜回應。
「…………」
克里夫無言以對，臉色也越來越發青。

「該……該怎麼辦？」

因為艾莉絲看起來很平靜，克里夫認為她大概有什麼對策。

然而，艾莉絲內心也感到不妙。要是被魯迪烏斯和瑞傑路德知道自己在森林中迷路，他們一定會覺得很不以為然。還會質疑只是要討伐哥布林，為什麼會闖進森林裡。

不過呢，她絕對不會表現出來。因為格雷拉特家的淑女必須隨時保持鎮靜自若的態度。

「克里夫，你飛上去從空中確認一下城市的方向。」

「那種事情怎麼可能有人做得到。」

「魯迪烏斯就辦得到。」

「魯迪烏斯？那是誰？」

「是我的老師。」

「咦！」

艾莉絲嘆了口氣。繼續爭執也沒有任何意義，這種情況下該怎麼辦呢？

她回想起基列奴曾經教導過迷路時該做什麼。

艾莉絲記得是要收集樹枝然後點火。

等到點火引起的煙升上天空，就能從遠處發現迷路者的位置。

——問題是，誰會發現？

瑞傑路德說過他有事要處理，魯迪烏斯也一樣。

沒有任何人會發現。

「…………」

艾莉絲不知不覺之間已經雙手抱胸，扭著嘴擺出慣用站姿。

她閉上眼睛仔細思考。基列奴說過，越是不安的時候越應該保持冷靜。

所以她無論身處何種狀況都不會慌張。

「那個……艾莉絲小姐，我們該怎麼辦？」

「這個森林裡應該有其他冒險者。」

「原……原來如此，只要去向他們求救……來去找人吧！」

克里夫慌慌張張地想要往前衝，然而艾莉絲卻沒有動作。

瑞傑路德教導過她，在這種時候不可以隨便亂動。要停止自身動作，尋找其他動靜。

瑞傑路德也傳授了探尋動靜的方法。即使沒有第三隻眼睛，還是能夠感覺到聲音和空氣，以及魔力的流動。

艾莉絲的技術尚未成熟，不過她每天都在練習。

「艾莉絲小姐……？」

「安靜！」

艾莉絲做了個深呼吸，繼續閉著眼睛，讓內心的感覺更加敏銳。

森林的聲音，樹葉互相摩擦的聲音，動物行動的聲音，昆蟲飛動的聲音。還有，隱約可以

聽見的刀劍相擊的聲音。

「找到了，是這邊。」

艾莉絲當機立斷。毫不猶豫地邁出腳步。

「怎麼回事？妳發現什麼東西？」

「另一邊有人。」

「怎麼找到的？」

「靠探索動靜啊。」

「那也是跟妳的老師學來的嗎？」

聽到這問題，艾莉絲思考了一會。

瑞傑路德是老師嗎？應該算是吧。即使比不上基列奴，但瑞傑路德也教導過自己各式各樣的事情。是稱呼為老師……不，是稱為師傅也無妨的人物。

「是啊。」

「那個叫作魯迪烏斯的人真是厲害啊……」

「嗯？……對啊，魯迪烏斯很厲害。」

雖然艾莉絲沒想通為什麼克里夫會突然提到魯迪烏斯，不過她還是繼續前進。

穿越森林的那一瞬間，她看到車輪痕跡的中央橫倒著一輛馬車。

「快趴下！」

「咕噁！」

艾莉絲反射性地抓住克里夫的腦袋，把他狠狠往下壓。自己也蹲低身子，確認眼前狀況。

「……」

有六個人站著。

其中一個是裝備全身鎧甲還戴著頭盔的騎士。

騎士背後是樹木，手上舉著劍。

周圍是一群全身黑衣的男子，共有五人。這群黑衣人包圍著騎士。

旁邊可以看到三具屍體，每一個都穿著和騎士相同的鎧甲。

黑衣人們正在慢慢縮小包圍網。

明明戰力差距已經如此明顯，為什麼那個騎士卻不逃走？

艾莉絲仔細一看，原來騎士背後的那棵樹下蹲著一個少女。

少女的表情滿是不安與絕望，臉頰已經沾滿淚水。

「艾莉絲小姐，那鎧甲是神殿騎士團！」

克里夫低聲對艾莉絲解釋。

艾莉絲的心跳加速。

她也有聽說過神殿騎士團，那是米里斯的三大騎士團之一。

負責米里斯本國防衛的精英集團，聖堂騎士團。

還有行徑類似傭兵，負責在世界上推廣米里斯教義，宣揚米里斯教威勢的教導騎士團。

最後是擁有異端審問官，審判並定罪異教徒的恐怖代名詞，神殿騎士團。

聖堂騎士團是白。

教導騎士團是銀。

神殿騎士團則裝備藍色鎧甲。

即使從遠方，也能看出來那鎧甲是蒼天色。

沒有錯，眼前陷入絕境的這個人是神殿騎士。

「你們這些傢伙！應該很清楚這位大人是誰吧！」

對方大吼之後艾莉絲才發現。

原來被包圍的騎士是女性。那些黑衣人們看了看彼此，哼笑一聲。

「當然知道。」

「那麼為何要做這種事！」

「理由不言可喻吧。」

「你們幾個是教皇派嗎！」

艾莉絲無法理解他們的對話。

但是她看得出來，這些穿著黑衣看來是壞人的傢伙們打算殺死那個少女。

於是艾莉絲把手放到腰間的劍上，克里夫趕緊質問她的用意：

「艾……艾莉絲小姐，妳想做什麼？不管怎麼看都很不妙啊，那女孩是被視為下任教皇候選人的神子。也就是說，那群黑衣人一定是米里斯教皇手下的暗殺集團，全都是一些高手，就算是我也沒有勝算……」

對於克里夫為什麼會對這些內幕如此清楚，艾莉絲甚至沒有感到懷疑。她現在介意的事情只有如果自己不趕快出手幫忙，那個少女就會慘遭殺害。

艾莉絲是「Dead End」的成員之一。要是對小孩子見死不救，事後根本無言可向瑞傑路德辯解，魯迪烏斯也總是基於這種理由去幫助他人。

「我們還是躲在這裡別被發現，等到事情結束吧……」

「沒用的，已經被發現了。」

艾莉絲很清楚，黑衣人之一在她壓著克里夫趴下時已經注意到他們。

儘管她無法確定黑衣人在想什麼，但無論對方到底怎麼想，艾莉絲都打算先下手為強。

「克里夫你就躲在這裡！」

「咦！艾莉絲小姐！」

艾莉絲拔劍出鞘，同時衝了出去。

黑衣人瞬間散開，然而……

「太慢了！」

艾莉絲往前衝刺的速度遠超過黑衣人的預想。

這是劍神流上級技「無音之太刀」。比「光之太刀」等級較低的這個劍技不會造成任何劃破空氣的風聲。

在基列奴和瑞傑路德的鍛鍊下，艾莉絲的劍技實力已有長足進步。

她的劍砍中黑衣人之一的肩膀，接著輕易切斷肋骨，以從上斜砍到下的動作把對方切成兩半。

初次砍殺他人的感覺並沒有讓艾莉絲感到困惑，她很快把劍朝向下一個敵人。

黑衣人們開始行動，試圖包圍艾莉絲。然而艾莉絲的動作比他們更快。

瑞傑路德經常對艾莉絲講解遭到複數對手包圍時該如何行動。

因為有很多魔物都會成群出沒，在被包圍前先解決所有敵人乃是最佳理論。

「喝啊啊啊！」

轉眼之間，又有一名黑衣人遭到斬殺。

男子們產生動搖。艾莉絲的動作節奏不合常規，沒有預備動作的斬擊會從這些黑衣人沒意識到的位置砍殺而來。即使專心閃避也難以躲開，一邊分心試圖包圍當然沒有可能躲得過。

然而，這些人也是職業高手。

他們犧牲了一名成員，完成包圍網。接著兩名黑衣人先後跳向艾莉絲。

很快——但是比不上瑞傑路德。

也不像魔大陸上的帕克斯郊狼那樣，懂得分別從上下夾擊的互動戰術。

——太弱了。

「那些傢伙的短刀上有毒！要小心！」

把少女藏在身後的騎士一邊大叫，同時從包圍網外側攻擊黑衣人之一。

根據她的動作，艾莉絲正確預測出黑衣人下一步的動作，並且找出包圍網的破綻。

艾莉絲確定自己會贏。在此同時，她又砍倒一個人。敵人剩下兩個。

「唔！撤退！」

黑衣人之一這樣大叫後，兩人都立刻轉身，試圖逃走。然而艾莉絲不是會在最後關頭掉以輕心的人，眨眼之間她已經追上其中之一，從敵人背後給予銳利斬擊。黑衣人的上半身和下半身分離，內臟噴得到處都是，緩緩倒下。

另一人完全沒有回頭確認後方狀況，身影消失在平原的另一端。

「哼！」

艾莉絲哼了一聲。

她用力把劍一揮，甩掉劍身上面沾到的鮮血。

雖然外表看起來和平常無異，其實艾莉絲的心臟正在噗通狂跳。

仔細一想，這是她第一次人類為敵的實戰，也是第一次殺人。

而且對方的武器是塗著毒的短刀，是只要擊中一次就能造成致命傷的武器。

再加上這次並沒有像是魯迪烏斯或瑞傑路德那樣會負責守護背後的幫手。雖然艾莉絲沒想太多就直接衝了出來，不過要是沒有那個女騎士，說不定自己已經喪命。

——然而，艾莉絲完全沒有表現出這些內心想法。

她把劍收回劍鞘，回頭看向女騎士。

「真抱歉，讓一個傢伙逃了。」

聽到這句話，女騎士有點愣住。

因為眼前這個看起來尚未成年的少女歷經激烈對戰打贏一場拚死戰鬥後，居然還可以如此泰然自若。

女騎士並沒有拿下頭盔，而是握拳放到腹部前方，以米里斯騎士的正式動作敬禮。

「非常感謝您的幫助。」

「孩子沒事就好。」

艾莉絲沒有還禮，而是回想著瑞傑路德的聲調，以沒好氣的態度回應。

「我是神殿騎士團的特蕾茲·拉托雷亞。看您的樣子應該是冒險者，可否請教大名？」

「我是艾……」

艾莉絲本來想報上本名，又臨時打住。

不對，魯迪烏斯不是這樣做。

「我是『Dead End 的瑞傑路德』。雖然外表長這樣，但我可是斯佩路德族。」

一聽到「斯佩路德族」，特蕾茲的表情變得很凝重。

艾莉絲並不知道，神殿騎士團主張要排除魔族。

當然，艾莉絲並不具備斯佩路德族的特徵，因此特蕾茲放鬆表情。

她判斷對方不願報上本名，還自稱為受到神殿騎士厭惡的種族，是因為不想和自己等人，更不想和這次事件牽扯過深。

艾莉絲這種出手救助重要人士卻沒有要求謝禮的態度，贏得特蕾茲的好感。

「是這樣嗎，我明白了……」

特蕾茲仔細觀察雙手環胸瞪著這邊的艾莉絲，記住她的長相。

接下來她吹了一聲口哨。

於是，森林裡跑出一匹馬，是馬車被拉倒時逃走的馬匹按照訓練又回到此處。

女騎士先把少女扶上馬，接著自己也跳上馬背。

「如果碰上什麼困難，請使用神殿騎士特蕾茲的名字！」

留下這句話後，特蕾茲策馬離開。

艾莉絲默默目送她們。

至於那個躲在暗處，腿軟到依舊無法站起的少年只能在旁凝視，彷彿那個正在乘馬遠離的騎士，以及看著騎士離開且不知恐懼為何物的紅髮劍士全都是童話中的一幕場景。

★★★

米里斯教團的一位司鐸曾和小人族的女性落入情網。

兩人之間的孩子長大後和一名女性結婚，生下來的孫子就是克里夫。

克里夫剛出生的那段時期，司鐸正忙於權力鬥爭。

克里夫的雙親受到波及而喪命。

司鐸為了讓孫子克里夫能夠遠離這些權力鬥爭，把他暫時寄放到孤兒院裡。

之後，司鐸在權力鬥爭中勝利並成為教皇，又把克里夫接了回來。

換句話說，克里夫・格利摩爾其實是教皇的親孫子。不過即使在教團內，也僅有極少的人知道這個事實。

所以，克里夫很清楚這次遭到襲擊的對象是誰。

那是目前正和祖父對立的大主教一派的王牌，據說擁有奇蹟之力的神子。

克里夫也曾見過對方。儘管他也不明白為什麼這樣的重要人物會來到這種地方，卻很清楚那群黑衣人集團是誰。

那些人是教導克里夫的老師們。克里夫之前就已經發現，他們必須負責這方面的工作。

而且，克里夫也很明白他們的實力。

他曾經多次和那些人在練習中對戰，但是至少克里夫從來不曾贏過。

結果艾莉絲卻不把那些人當成一回事。

儘管實際上艾莉絲贏得很驚險，然而看在克里夫的眼裡，卻認為艾莉絲在面對這些自己無論如何都無法戰勝的對手時，取得了壓倒性的勝利。

一回神，克里夫才發現自己以憧憬的眼神凝視艾莉絲。

艾莉絲正一臉疲憊地走向城市。克里夫一想到這女孩將來必定會成為了不起的人物，這句話就不由自主地脫口而出：

「艾莉絲小姐，請妳和我結婚！」

「咦！我絕對不要！」

艾莉絲立刻換上厭惡的表情，迅速回絕。

如此才華洋溢的自己提出求婚卻慘遭拒絕，克里夫認為這根本是不合理的事情。

所以他開始思考箇中原因。

克里夫審察起今天和艾莉絲的對話。

對了，她有提到老師這個存在，而且一而再再而三提起。名字應該是……魯……魯……

「魯迪烏斯？」

克里夫回想起這個名字並說出口後，艾莉絲回頭看向他。

「魯迪烏斯是麼樣的人呢？」

過了幾分鐘後，克里夫非常痛恨提出這問題的自己。

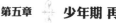

他原本以為艾莉絲是個話少的女孩，實際上卻完全不是這麼回事。

艾莉絲非常自豪地打開話匣子，就像是在炫耀沒有人能比她更擅長講述魯迪烏斯這個人的相關事蹟。

從平原開始，直到踏入冒險者公會為止，她一直說個不停。

而且艾莉絲的表情宛如戀愛中的少女，講話內容也是全面的讚揚。

足以讓克里夫滿心嫉妒。

「……我差不多該回去了。」

雖然克里夫也很清楚自己一臉悻悻然的表情，還是這樣對艾莉絲說道。

艾莉絲看起來好像還沒說夠，不過克里夫表示要離開後，她只說了一聲：「是喔？」就揮了揮手。

「再見。」

這冷淡的態度，讓人難以想像她剛剛曾那麼熱烈地稱讚一個人。

克里夫默默目送艾莉絲離去，直到再也看不到她的背影。

那個叫作魯迪烏斯的傢伙，居然能把如此強大美麗又完美的艾莉絲迷得神魂顛倒。

克里夫一路上都在想像這個自己尚未見過的魯迪烏斯會是什麼樣的人，回到教團之後，忙著找他的人們當然給了一頓罵。

之後，這次事件導致教團內的權力鬥爭更加激烈。

認為克里夫留在米里希昂會有危險的教皇把孫子送往其他國家，然而這是和艾莉絲完全無關的事情。

順道一提，至於艾莉絲這邊，當她回到旅社看到魯迪烏斯那麼頹喪消沉，立刻把今天遇上的所有事情全數塞進記憶的角落。這又是另一段故事。

第七話「前往中央大陸」

經過兩個月，我們到達港口城鎮，西部港。

街景和位於米里斯大陸北端的贊特港很相似，但是城鎮的規模卻很大。

從米里斯神聖國首都到阿斯拉王國首都之間的通路，等於是這世界的絲綢之路，各處都有能成為貿易據點的城鎮，西部港也是其中之一。

儘管不及米里希昂的商業地區，這裡還是有一些商會的總部，旗下各商人也聚集於此，是個大型的城鎮。

那麼，馬車只能搭到這裡。

和生前世界的渡輪不同，在這個世界裡不能把馬車送上船隻運送。所以和當初從魔大陸前來米里斯大陸時相同，我們只能把馬車賣掉，渡海後重新購買。

和蜥蜴那時不一樣，我對這匹馬沒有什麼感情，就給牠取個名字吧。再見了，Haru ○rara。（註：Haru Urara 是一隻賽馬的名字）

把馬賣掉之後，我們前往關卡。

這裡的關卡和溫恩港頗有差異，是一棟大型建築物，入口還站著身穿鎧甲的衛兵。

在米里希昂市內也經常看到穿著鎧甲的騎士，乍看之下這身裝備似乎很堅固。

然而，只要看看艾莉絲和瑞傑路德，就會讓我擔心那種鎧甲真的能保護使用者嗎？

這世界的生物都擁有強大攻擊力。一旦被打中，很有可能鎧甲會全部消失，身上只剩下一條內褲。還有要是因為攻擊的反作用力而掉進地面的坑洞裡，更是會直接 The End。（註：出自電玩《魔界村》系列）

嗯，玩笑話先放一邊去吧。

我們進入關卡後，發現裡面人滿為患。

有像是冒險者的人，也有像是商人的人。職員們以充滿精力的表情，俐落地對應著這些群眾。

和一片冷清，職員也沒啥幹勁的溫恩港真是天差地別。

「妳好。」

「是，請問有什麼事呢？」

總之我前往櫃台之一，對裡面的職員搭話。

這裡的櫃台人員也是波霸。這個世界是不是有條不成文的規定，只有波霸才能擔任櫃台人員？我腦裡雖然胡思亂想，臉上還是不動聲色。

「呃，我們想申請搭船渡海。」

「好的，請拿著這個牌子稍等一下。」

對方遞給我一個木製的號碼牌，上面的數字是三十四。

真的很像公家機關。

我回到等待區找了張椅子落坐，艾莉絲也立刻來到我身旁跟著坐下。

瑞傑路德則是繼續站著。我看了一下周遭，似乎有很多人和我們一樣在等待。

「看樣子大概要花一段時間。」

「你不把那封信遞出去嗎？」

聽到瑞傑路德的提問，我搖了搖頭。

「等叫到我們的號碼之後再拿出來吧。」

「是這樣啊……」

艾莉絲似乎有點坐立不安。

她不太習慣等待，這種反應或許也是無可奈何。

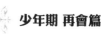

「魯迪烏斯，一直有人在看我……」

聽到她這麼說，我開始尋找把視線對準艾莉絲的人物。

犯人原來是這裡的衛兵，他們正在偷瞄艾莉絲。在這些視線的注視下，艾莉絲以不高興的表情回瞪。

「我才不會那樣做。」

「不可以吵架喔。」

這話一點可信度都沒……不過，衛兵們為什麼要看艾莉絲？

我找不出原因。

是因為她太美所以吸引住衛兵們的目光嗎？儘管艾莉絲最近的確變得相當漂亮，然而看起來還是個小孩子。除非衛兵們全都是蘿莉控，否則不可能會是那種理由。

「三十四號請到這邊。」

這時叫到我們的號碼，所以我站起來前往櫃台。

我把那封信交給櫃台小姐，並告知我們想搭船渡海的意願。她帶著笑容收下信，確認正面的收件者姓名後，立刻換上懷疑的表情。

「麻煩您稍等。」

接著，她起身前往辦公室內部。

過了一會兒，辦公室內部傳來巨大聲響。

還有某個人的怒吼聲。辦公室內部跑出一個衛兵，壓低音量對其他衛兵悄悄講了些什麼。

聽完悄悄話的衛兵保持凝重表情，從建築物裡衝了出去。

怎麼覺得氣氛帶了點火藥味。

雖說我相信瑞傑路德並把那封信直接遞了出去，但早知道似乎還是該更詳細調查一下賈修．布拉修這號人物才對。

「……讓您久等了！」

先前的櫃台小姐回來了，臉上有藏不住的緊張神色。

「巴克席爾公爵似乎想接見各位。」

我滿腦子都是不妙的預感。

「我是米里斯大陸海關所長，巴克席爾．馮．維塞爾公爵。」

這隻豬真的長得跟豬一模一樣。

講錯了，是這個人物長得跟豬一模一樣。

脖子周遭覆蓋著脂肪，下巴完全遭到掩埋。淡金色的頭髮緊貼在額頭上，眼睛周圍有黑眼圈，給人一種活像狸貓的感覺。既像豬又像狸貓還擺出露骨的不爽表情。

我以前見過這種感覺的傢伙——在鏡子裡。

「哼，沒想到骯髒的魔族居然能拿出這種介紹信！」

巴克席爾坐在一張豪華的皮椅上。
他沒有起身，而是用手中的紙張用力拍打桌面，還晃動身體讓椅子發出嘎吱聲，毫不客氣地瞪著我們。
在似乎很高級的辦公桌上，除了大量的文件，還有一封被拆開的信件。
如此一來，他手上的紙張應該就是介紹信裡的東西。
「居然扛出這種大人物的名字，信封也很像是真貨。但是我才不會上當，這是偽造品！」
巴克席爾用力把紙甩了過來，我反射性地接住。

此人雖為斯佩路德族，卻是會施大恩於我之人。
沉默寡言，但氣概令人敬佩。
應免除所有渡海費用，將其鄭重送達中央大陸。
——教導騎士團團長，賈爾加德・納修・威尼克。

我看到這名字，差點頭暈目眩。賈修・布拉修這名字到底上哪去了？
賈爾加德・納修・威尼克……噢，省略中間一部分就變成賈修了嗎？
如果他是個平易近人的人物，或許有可能會說：「叫我賈修就好」。
也有可能是瑞傑路德把這句話當真，所以認定對方的確叫作賈修。

不過，布拉修這姓氏又是來自哪裡？

而且對方的職位……

教導騎士團團長。也就是他隸屬於米里斯三大騎士團之一，而且還是團長。

我頭快痛起來了，為什麼這種人會是瑞傑路德的舊識……

不，其實我可以猜得到。

例如是因為……立場問題。既然是教導騎士團團長，意思是這人物的地位相當高吧。

要是這樣的人和斯佩路德族交情不錯的事情被宣揚開來那可不妙，因此他使用了假名。

也可以考慮得更單純。

聽說對方和瑞傑路德是在四十年前認識，所以有可能是在這段期間內因為結婚等事情而改了名之類。

「基本上，那個沉默寡言的男子根本不可能寫信。我很熟悉那傢伙，不光是嫌寫信麻煩，甚至連必要的文件都不願寫。那樣的人居然會為了你這種魔族而寫信給我？要開玩笑也該懂得分寸！」

至於瑞傑路德的反應，則是一臉苦澀表情。

自己拿來的信件被斷定為偽造品的理由，是因為身為斯佩路德族。

以他的立場來看，或許會這樣認為。

實際上根據保羅透露的情報，也有提過這個叫巴克席爾的傢伙似乎是出了名的討厭魔族。

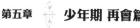

所以瑞傑路德的推測或許沒錯。

只是既然巴克席爾討厭魔族是有名的事情，那麼這個不知道究竟叫賈修還是賈爾加德的人應該也很清楚巴克席爾是什麼樣的人吧？既然如此，真希望他能寫一些更有說服力的內容。

或者這封信真的是偽造品？

不不，快回想起瑞傑路德說過的話。

他說賈修住的地方是一棟巨大建築物，而且大到甚至能拿來和奇希里斯城相比。以私人住宅來說的確算是很大，但是如果那是騎士團總部之類的地方又如何呢？當然建築物本身會很大，裡面也會有很多騎士。一旦當上團長，在那裡的騎士應該全都是他的部下，這狀況也和瑞傑路德說賈修有很多手下的發言一致。

話雖如此，明白這些其實也沒有意義。

因為巴克席爾已經斷定這封信是偽造品。

況且事到如今，也不能說句「原來是偽造品啊真是非常抱歉」然後跑掉吧。

所以我往前踏了一步。

「換句話說，公爵閣下您認為這封信是偽造品？」

「你這傢伙是誰……小孩子給我閃一邊去！」

巴克席爾露出懷疑的表情，我覺得自己好像很久沒被人當成小孩看待。

這感覺真新鮮。想被當成小孩時不被當成小孩，想被視為大人時卻被認定是小孩。人生實

在難以盡如人意。

我一邊想著這種事情，同時姑且先把右手放到胸前，做出貴族式的致意動作。

「很抱歉這麼晚才自我介紹，在下名為魯迪烏斯·格雷拉特。」

聽到我這麼說，巴克席爾的眉毛挑了一下。

「你說你叫……格雷拉特嗎？」

「是的。只是說來慚愧，在阿斯拉上級貴族·格雷拉特家中，在下只是名列末席。」

「唔……但是，格雷拉特家成員的名字應該都帶有太古風神之名。」

「是。不過因為我是旁支，因此不被允許使用風神之名。」

一聽到旁支兩字，巴克席爾看我的眼神就逐漸浮現出不屑。

這瞬間，我把手平放並朝向艾莉絲那邊。

「但是，這位艾莉絲大小姐確確實實是擁有伯雷亞斯·格雷拉特之名的人物。」

我輕拍艾莉絲的後背，她也往前一步。

艾莉絲雖然滿臉訝異表情，但是沒有更加慌亂。

她先雙手抱胸，把雙腿張開到與肩同寬——才又想到這樣不對所以放下雙手，試圖輕輕提起裙子兩端並擺出淑女致意動作；這時又注意到自己現在並不是穿裙子，最後只好跟我一樣，做出把手放在胸前的姿勢。

「我……我是菲利普·伯雷亞斯·格雷拉特的女兒，名叫艾莉絲·伯雷亞斯·格雷拉特啦。」

總覺得她不但很生硬，而且還有點講錯。

我偷偷研究巴克席爾的表情。

有點難以判斷……算了，這裡還是借用艾莉絲她家的權勢吧。

「哼，為什麼阿斯拉貴族家的小姐會在這裡？」

對於這理所當然的疑問，沒有必要說謊。

「公爵閣下，請問您知道阿斯拉王國菲托亞領地在大約兩年前發生的魔力災害嗎？」

「我知道，聽說有大量居民遭到轉移。」

「是的，我等也遭到波及。」

所以後來，我為了保護大小姐，請瑞傑路德擔任護衛，南北縱貫了魔大陸。

前來米里斯大陸時必須支付的關稅是靠賣掉手邊所有財產才勉強因應，然而要從米里斯前往中央大陸時卻沒有足夠資金。尤其是瑞傑路德必須支付的渡海費用實在過高。

因此，我們去向格雷拉特家的知己，也是瑞傑路德好友的賈爾加德大人求助。

賈爾加德大人很爽快地為我們寫了這封介紹信。

如此這般，我掰出了這樣的故事。

「大小姐之所以會打扮成這種冒險者般的模樣，是為了避免被他人察覺她身分高貴並引起歹徒覬覦。公爵閣下想必也能理解我等的顧慮。」

「原來如此。」

巴克席爾的表情依舊帶著不滿。

「換句話說，你們幾個就是最近在米里希昂惹事生非，甚至強行奪走奴隸的『菲托亞領地搜索團』的同夥嘍？」

「不……不是那樣，您在說什麼啊。」

「我可沒聽說過艾莉絲．伯雷亞斯．格雷拉特這名字。」

巴克席爾豬一般地哼了一聲，開口繼續說道：

「但是，我倒是知道保羅．格雷拉特這個小賊的名字。就是最近傳聞中會強行奪走奴隸的那個傢伙。」

爸爸真是惡名昭彰。

「也就是說，公爵閣下您的意思是這樣吧？賈爾加德大人的書信是偽造品，艾莉絲大小姐也不是阿斯拉貴族。而且我等還跟那個名叫保羅．格雷拉特，到處拈花惹草，腳也很臭，整天喝酒還把兒子當出氣筒，並讓女兒過著苦日子的廢物是同夥？」

「沒錯。」

這傢伙真是太過分了。

保羅也以自己的方式在努力。的確他有些地方不夠周延，採用的方法或許也是錯的，但是這傢伙居然直接斷定他是廢物，實在不可原諒。

「為什麼您判斷信封上的封印也是偽造品？」

我指著桌上的信封，提出疑問。

巴克席爾稍微皺起眉頭，然後點了點頭。

「因為教導騎士團的印章很容易出現仿冒品。」

原來是這樣，這情報我倒是第一次聽說。

「那麼您為什麼認定我的僱主，艾莉絲大小姐也是冒牌貨？」

「阿斯拉貴族的大小姐怎麼可能長得像個鄉下來的劍士？」

我看了看艾莉絲，她正雙手抱胸，擺出招牌站姿。

手臂上雖然沒有傷痕，卻曬成不像是深閨大小姐的膚色，而且還可以看到比一般年輕冒險者更加結實的肌肉。

「原來是這樣，公爵閣下似乎沒聽說過紹羅斯大人的事情。」

我輕笑一聲，巴克席爾立刻上鉤。

「你說紹羅斯……？是指菲托亞領地的領主嗎？」

看來這傢伙雖然沒聽說過艾莉絲，不過還是知道紹羅斯老爺子這號人物。

「是的，也是艾莉絲大小姐的祖父。那位大人讓艾莉絲大小姐接受能成為劍士的精英教育。」

「為什麼要做那種事……」

「這件事是個祕密……其實艾莉絲大小姐已經預定要嫁入諾托斯家，但是紹羅斯大人對諾托斯家的當家並無好感……」

「原來如此。」

簡而言之，這番話就是在暗示，艾莉絲之所以會這麼像山上野猴子全都是因為經過鍛鍊，目的是要在寢室裡把諾托斯家的當家給解決掉。

艾莉絲歪著腦袋。

要是她有聽懂這些話，我的臉恐怕已經被打凹了。

「因此，大小姐必須回到阿斯拉。如果您堅持大小姐是冒牌貨，我等只好返回米里希昂，找適切的機關提出請願。」

其實我也不知道所謂適切的機關到底是哪裡。

因為我沒有調查。

「哼！如果你說她是真貨，就在這裡提出證明！」

「賈爾加德大人的書信就是最佳的證據。」

「無聊！這樣根本是各說各話！」

「各說各話也無所謂，您打算與阿斯拉的格雷拉特家對立嗎？」

不妙，連我都已經不懂自己在說什麼了。

然而，總之好像還是發揮了作用。巴克席爾惡狠狠地瞪著我。

「好吧。那麼，我可以允許你和那位大小姐通關。」

「護衛呢？」

「就以我巴克席爾公爵的名義，派出幾名騎士跟著你們吧。比起依靠魔族，有騎士保護應該安全得多吧？」

原來如此，與其放魔族通關，這傢伙寧願派出兩個有空檔的騎士嗎？

總之，看樣子巴克席爾似乎堅決不願意讓瑞傑路德渡海。居然強硬到這種地步……我還是第一次親眼目睹魔族被歧視的狀況，看起來這種觀念比想像中還強烈。

好啦，現在要怎麼辦？

該讓瑞傑路德一個人另外移動嗎？

那樣一來或許又會和走私販子槓上……的確很有可能，想到就覺得厭煩。

——叩叩。

這時，突然響起敲門聲。

「什麼事？現在正在忙啊！」

巴克席爾露出疑惑的表情，然而在他回應之前，房門已被打開。

一名身穿藍色鎧甲的金髮女性站在門外。

「打擾了，我聽說『Dead End』的瑞傑路德在此。」

「……母親大人？」

那是塞妮絲。

「咦？」

因為我喃喃叫出母親大人，讓在場所有人的視線都集中到那名女性身上。

她以不高興的表情瞪向我。

「我還是獨身，沒有你這麼大的小孩！」

咦？塞妮絲小姐？妳該不會是在我不知道的時候喪失記憶了吧？

還是妳已經對保羅心灰意冷了？

抱著這些想法的我仔細觀察這位女性，於是發現一些和塞妮絲略有不同的地方。

因為分別數年，我對塞妮絲的臉也不是記得那麼清楚，但是臉部輪廓和頭髮顏色都有點不同，的確是另一個人。

「抱歉，因為妳和我失蹤的母親十分相似。」

「……是嗎？」

對方以帶著憐憫的眼神看我。

或許她以為我是和母親分離的可憐孩子吧。儘管最近很少被人當小孩看待，不過我的外表的確還是個小孩。

「哎呀……這不是剛被降職的神殿騎士大人嗎，有何貴幹？」

巴克席爾哼了一聲，瞪著那個很像塞妮絲的女性騎士。

「斯佩路德族在米里斯國內現身，熱心工作的我前來確認是理所當然的行動吧？」

「妳的正式就職日是十天後，別多管閒事。」

「叫我別多管閒事？公爵，你這話可奇怪了。的確，我尚未正式就任。然而，前任人員已經前往米里希昂，不在此地。海關發生問題時，應該要由神殿騎士來負責處理，但是現場沒看到我以外的神殿騎士，這到底是怎麼一回事？」

長得像塞妮絲的騎士滔滔不絕地反駁。

巴克席爾「嗚」了一聲，臉色也很難看。

「海關必須由兩名最高負責人來共同維護，這是米里斯教團定下的絕對鐵則。我說巴克席爾公爵，你該不會是想反抗米里斯教團吧？」

「沒必要。」

「怎麼可能會有那種事。只是，妳也才剛到這裡沒多久吧？好好放鬆一下如何呢……？」

豬公爵的臉看起來很像是即將被送去屠宰。

下次吃豬肉時，大概會覺得特別美味吧。

「那麼，現在情況究竟如何？」

這名騎士似乎和公爵一樣偉大。

一般來說，公爵應該是貴族中最上級的地位……

不過米里斯神聖國的宗教色彩濃厚，大概跟那方面有關吧。

「其實是……」

巴克席爾開始說明。

有時候他會講出一些帶有私人先入為主觀的發言，所以我也適時插嘴補充。

女騎士默默聽完所有說明後，看了我們這邊一眼。

「嗯……的確是魔族……」

她看向瑞傑路德時的眼神特別尖銳，不過見到艾莉絲的那瞬間，視線卻變得比較和緩。

最後女騎士與我四目相對，把手抵在下巴上像是思考著什麼。

「……我說你，剛剛把我誤認為母親吧？可以請教你母親的名字嗎？」

「她叫塞妮絲，塞妮絲．格雷拉特。」

「那麼你父親的名字是？」

我偷瞄了巴克席爾一眼。

唔，實在不想講出口……

「是保羅．格雷拉特。」

姑且老實回答後，巴克席爾瞪大雙眼。

就堅持我父親和那個廢物不是同一人吧。

我的父親是跟神一樣的人，只要稍微毆打一下，甚至還會給錢喔。

「這樣啊。」

女騎士這樣說完，然後蹲低身子用力抱緊我。

「……咦！」

我嚇了一跳，因為這個擁抱真的很突然。

「你吃了很多苦吧……」

她邊這樣說，邊摸著我的頭。

因為隔著堅硬的鎧甲，觸感方面並不是太舒服，不過可以聞到一股芬芳的女性香味。

我的下半身也自然而然地……沒反應。

這下怪了。

為什麼？我說兒子，你是出了什麼問題？這明明是你最喜歡的香汗淋漓 smell 啊。

之前不是才因為艾莉絲的味道……想到這裡，我看了一眼艾莉絲，只見她杏眼圓睜，拳頭也握得死緊。

超恐怖。

「呃……請問？」

女騎士拍拍我的腦袋，俐落地站了起來。

接著她不再看我，而是對著巴克席爾如此宣告：

「這幾人的身分由我來負責擔保。」

「什麼！妳知道其中也包括魔族嗎！」

女騎士隨便看了驚慌的巴克席爾一眼，接著從我手中奪走書信，迅速瀏覽內容。

「介紹信也沒有問題，這的確是賈爾加德大人的筆跡。」

「難道神殿騎士要違反米里斯教團的教義嗎……」

這時，艾莉絲突然「啊」了一聲。

女騎士對她眨了眨一邊眼睛。

怎麼回事？

「這是身為神殿騎士團『護盾隊』中隊長（Middle Leader）的我提出的要求。」

「嘖！妳只不過是因為失去部下而被左遷到這種地方來的傢伙……」

「哼！這句話我就原封不動地還給你吧。不過有達成任務的我，和中途就放棄的你，雙方在立場上可有相當大的差別。」

巴克席爾憤憤咬牙，看樣子他也是遭到降職才會來到此處。很不可思議的是，只要想到這一點，連公爵這地位似乎也讓人覺得沒什麼了。

他的眼中逐漸染上憎恨的色彩。

「妳這傢伙，就算出身高貴，要是膽敢過於囂張……」

巴克席爾的發言沒能講完。

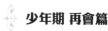

因為女騎士突然低下頭。

「不，抱歉，我也說得太過分了。既然已經來到這種地方，我也沒有和你為敵的意思。這次是因為牽扯到我私人問題，希望你能多多見諒。」
我認為她行動的時機抓得非常巧妙。
先傲慢地盡情放話，然後非常乾脆地道歉。巴克席爾的怒氣也因為剛才那句話而一口氣洩出。
下次惹火哪個人的時候就來效法一下吧。
「妳說牽扯到妳私人問題？」
「沒錯。」
巴克席爾一臉感到不解的表情，女騎士則是點了點頭。
接著，她把手放到我的肩上。
「這孩子是我的外甥。」
她說什麼？

★ ★ ★

特蕾茲．拉托雷亞。
她是米里斯貴族——拉托雷亞家的四女。也是年紀輕輕就當上神殿騎士團中隊長的新銳騎士。

出身於拉托雷亞伯爵家，塞妮絲的娘家也是拉托雷亞伯爵家。

知道我是她的親戚後，巴克席爾露出像是放棄什麼的表情，重重嘆一口氣後，就免除了我們的渡海費用。

現在，我正待在西部港的旅社裡，被特蕾茲抱在懷裡。

房間裡只有我和特蕾茲以及艾莉絲三人。瑞傑路德大概是有看出狀況，並沒有待在現場。

「魯迪烏斯，姊姊的信裡有提過你的事情喔。」

「原來是這樣，母親說了什麼？」

「說你非常可愛。看到你本人，我本來還覺得不會吧，結果的確非常可愛。」

特蕾茲邊說，邊把臉埋進我脖子連向肩膀的地方。

仔細想想，約十二年以來，我經常被人批評為狂妄、可疑或是噁心等等，會說我可愛的人好像只有塞妮絲一個。

不過，明明現在被這樣的波霸美女抱著，不知為何，我跨下的電磁砲(Railgun)卻沒有做出想把超電磁的某種東西以彈射硬幣的動作射出去的跡象。（註：出自輕小說《魔法禁書目錄》的角色「御坂美琴」的能力）話說起來，對象是塞妮絲時，我的 Victory 也沒有 Stand up 過。

還有再仔細想想，我也不打算和諾倫建立起必要以上的親密關係。

……是因為彼此有血緣關係嗎？

「特蕾茲，妳差不多該放開魯迪烏斯了。」

艾莉絲用手撐著臉，還咚咚敲打桌面，

看起來很不高興。說不定她是在吃醋，我真是個罪孽深重的男人。

「艾莉絲大人，我可以理解您的心情，但是我不知道自己下次什麼時候才能再見到魯迪烏斯。而且，下次見面時，這種可愛氣質想必也已經消失。所以這是短時間內的回憶，還請多多寬待。」

特蕾茲若無其事地繼續在我身上摸來摸去。

「特蕾茲阿姨，妳對艾莉絲講話為什麼那麼恭敬？」

「因為她是救命恩人。」

我針對這回答繼續深入追問。

原來艾莉絲上次去討伐哥布林時，曾經湊巧幫助了遭到敵方勢力襲擊，已經走投無路的特蕾茲。

據說特蕾茲那時正在護送某位重要人士，要不是碰上艾莉絲，恐怕她和重要人士都已經喪命。

我對這件事根本一無所知。看了艾莉絲一眼後，她臉上滿是尷尬表情。

「我忘記說了……」

根據艾莉絲的辯解，她是因為看到我那麼消沉，才會把討伐哥布林時的經歷完全拋向記憶的另一端。

原來是我的錯，那就沒辦法了。

特蕾茲大概是帶著恍惚表情（不過我被她從背後抱住所以無法確認），一直對我的身體上下其手。

儘管不至於感到不舒服，但總覺得有點不自在。

畢竟不只有一對胸部緊貼著自己背後，身體還被亂摸一通，我卻興奮不起來。

可以稱為一種新感覺。

「哎呀，魯迪烏斯真的好可愛啊，可愛到讓人想吃掉。」

「所謂的吃掉，是指性方面的那種意思嗎？」

我隨便開著玩笑，嘴巴卻被她用手摀住。

「……你不要講話會比較可愛。一開口就會讓我想到那個保羅。」

看樣子特蕾茲似乎對保羅沒什麼好感。

「話說回來，賈修團長真是一點都沒變。」

特蕾茲一邊摸我，一邊換了個話題。

「他應該很清楚寫那種信給巴克席爾，肯定會演變成那種狀況啊。」

賈爾加德．納修．威尼克是教導騎士團的團長。

所謂的教導騎士團，是把年輕騎士送往紛爭地帶以培養戰爭經驗，同時也負責在世界各地宣揚米里斯教團之教義的傭兵部隊。現在正好處於遠征和遠征之間的募兵期間，聽說是為了募集團員才會回到國內。

賈修，也就是賈爾加德．納修．威尼克正是這支部隊的團長。

他是過去前往魔大陸遠征並成功歸來的倖存者，也是在這數十年內把教導騎士團的實力提昇到據說是歷代最強的有功之人。似乎是個寡言又粗獷的人物，很少展現笑容。還聽說他無論面對什麼樣的惡徒，都能夠給予平等對待。

米里斯的騎士必須參加教導騎士團的遠征，才能成為獨當一面的騎士。

自從賈修當上團長，騎士團遠征的生還率已經超過了九成。

因此，現在的教導騎士團被評論為歷代最強。

也有很多人是被賈修所救，所以據說目前的騎士中，沒有人不尊敬他。

「另外，懶得動筆又不善言詞也是他很有名的特徵。」

他在戰場上會俐落地下達指示，但平常卻呈現散漫狀態，連別人跟他打招呼都很少回應。

幾乎不曾寫過信，基本上文件上也只蓋章。

由於幾乎沒有人看過他的筆跡，因此有很多偽造的文件在市面上流通。

根據瑞傑路德的敘述，我還以為這個賈修是健談又熱情的人。

不過，瑞傑路德本身也不健談啦。

所以基準大概不同吧，也有可能是只有面對瑞傑路德時才不一樣？

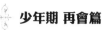

「我說……你們還要膩在一起多久……」

艾莉絲慢慢呈現出再五秒鐘就會抓狂的態度，所以我主動掙脫特蕾茲的懷抱。

「啊……魯迪烏斯的體溫……」

特蕾茲一臉遺憾，但我可不是抱枕。

而且被她抱住也沒什麼好高興。

「魯迪烏斯，過來這邊。」

聽到艾莉絲這麼說，我走到她旁邊坐下。手立刻被用力握緊。

「…………」

我看了看艾莉絲，她滿臉通紅，連耳朵也跟著紅透了。

光是這張側臉，我的嘴角就會不受控制地往上揚。

特蕾茲用力敲打著枕頭。

她大可以去敲打牆壁啊，不過看起來好像沒什麼肌肉。

「唉……年輕真好啊……」

嘆了一口氣之後，特蕾茲換上認真表情。

「對了，魯迪烏斯。我要給你一個忠告。雖然對於即將離開米里斯的你來說，或許是個沒什麼意義的忠告……」

特蕾茲先講了這些前言，接著才進入正題。

「在米里斯國內，最好不要提到斯佩路德族。」

「為什麼？」

「因為在米里斯教團的傳統教義中，有完全排除魔族這一條。」

必須把所有的魔族都逐出米里斯大陸。

這是米里斯的教誨，雖然目前已經形同虛設，但神殿騎士團依舊忠實地遵守這項教誨。

像斯佩路德族這種有名的魔族，即使是冒牌貨，據說也必須使出全力將其消滅。

「我是因為魯迪烏斯你受過他的照顧才不得不當作沒看見，然而按照常規，其實絕對不能放過他。」

「你們辦不到。」

表情冷漠的艾莉絲開口回應一臉嚴肅的特蕾茲。

「憑你們的實力，無論來多少人都不可能打贏瑞傑路德。」

「沒錯，艾莉絲大人您說得對。」

聽到艾莉絲講得如此理所當然的語氣，特蕾茲面露苦笑。

「然而包括我在內，神殿騎士團都是一群瘋狂信徒。即使明知無法打贏，也不得不挺身戰鬥。」

聽說米里斯騎士團裡有不少這樣的人。

所以特蕾茲再三叮嚀，如果將來我們有機會再回到米里斯大陸，記得特別留意。

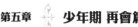

這次的事件，讓我再度體認到對魔族的歧視觀念到底有多根深蒂固。

在今後的旅程中，要幫忙挽回斯佩路德族的名譽，恐怕頗有困難。

還有，要是被人知道我信仰的是洛琪希神，搞不好會被送進異端審問法庭，遭遇悲慘下場。還是別宣揚自己的宗派吧。

★ ★ ★

這趟搭船之旅順利結束。

特蕾茲為我們準備了搭船時需要用到的所有物品。

除了旅程中的糧食，甚至還包括暈船用的藥物。我原本以為這世界的藥學並不太發達，看樣子治癒魔術並非囊括了這世界的所有醫療行為，起碼還有暈船藥這類東西。

只是，聽說這是相當高價的物品。有親戚可以倚靠真是太美好了。

對於艾莉絲，特蕾茲幫忙處理了所有能安排到的事情，不過對於瑞傑路德的態度卻很嚴厲。不過基本上這也是無可奈何的事情。畢竟大部分的事物都是奇數，無法乾脆地分出黑白。

多虧有暈船藥，艾莉絲雖然還是有點不舒服，但已經恢復到不需要要求我使用治療術的程度。

老實說，沒辦法再看到那個溫順的艾莉絲，實在讓人遺憾。

不過基本上也因為這樣，我的集氣條(Gauge)沒有累積，Buster Wolf也沒有失控，更不會受到艾莉絲以Sunny Punch回擊，一切一如往常。（註：Buster Wolf出自泰瑞．柏格在《餓狼傳說 群狼之證》的招式，Sunny Punch則是漫畫《ボンボン餓狼》裡的招式）

艾莉絲或許是因為上次的經驗而感到不安，在船上總是隨時粘著我。

儘管並不溫順，但能看到艾莉絲望著大海開心興奮的模樣，我也感到很滿足。

「兩位真是恩愛啊！是不是要去王龍王國舉行婚禮啊？」

我們兩人正在看海，遭到船員吹著口哨調侃。

「嗯，要熱熱鬧鬧辦一場。」

所以我一時得意忘形摟住艾莉絲的肩膀，結果挨揍。

「要……要結婚還太早了啦！」

艾莉絲雖然動手打人，看起來也並非全面否定，還有點忸忸怩怩。

大概是討厭被別人拿來開玩笑吧。也就是說她希望這種事情要等兩人獨處，去一個沒有他人妨礙，而且充滿氣氛的地點再說。

儘管艾莉絲只要拿著劍就會化身為修羅惡鬼，但是在戀愛方面依然是個青春少女。

話說回來，結婚啊……

試圖把我和艾莉絲送作堆的菲利普等人不知道現在如何了？

保羅警告過我不要太樂觀……

況且不只是菲利普他們。塞妮絲與莉莉雅杳無音信，愛夏也一樣，不知道她身處何方。希露菲也沒消沒息，甚至連基列奴都生死不明。

滿心不安。

不，還是別想得太悲觀吧。

說不定回到菲托亞領地後，大家已經都平安無事地歸來。

這是樂觀的想法。即使我心裡也明白絕對不可能發生那種事，然而至少，現在不需要過度不安。

就抱著這種心態吧。

於是，我們離開了米里斯大陸。

閒話「洛琪希的歸鄉之旅」

在魯迪烏斯一行人動身離開米里斯的同一時期。

洛琪希・米格路迪亞也回到了故鄉。

米格路德族之村。

村子本身的模樣看起來沒有改變，連認識的村民也幾乎還是同樣那些人。

儘管居民增加，不過安靜到有點陰森的特色倒是一如往常。

洛琪希以前並不覺得陰森。只是見識過世界再回來後，這個村子就顯得異常。因為明明一片安靜也沒有任何對話，村民之間卻能夠溝通。

他們注意到洛琪希之後，只會目不轉睛地凝視她。

洛琪希知道村民們是使用了米格路德族的特殊能力，也就是心電感應向自己搭話。

然而洛琪希無法理解。她能稍微聽到類似雜音的聲響，頂多這樣而已。

無法回應他們的發言。

過了一會之後，洛琪希的雙親出現了。久違的雙親也沒有任何改變。

看到回來的洛琪希，他們面露喜色表示歡迎，還以帶著擔心的語氣詢問女兒「之前過著什麼樣的生活？」或是「這次是自己一個人回來嗎？」等問題。

艾莉娜麗潔與塔爾韓德在村外等待，他們對於歸鄉這件事似乎有什麼個人想法。

洛琪希語氣平淡地說明至今為止的旅程。

聽了這些話的雙親雖然驚訝，不過還是露出安心表情，告訴洛琪希想待多久都沒問題。

然而，洛琪希依然有種疏離感。

對於他們來說，表達擔心和歡迎的語言都是一種外國的語言。他們絕對不會把真正重要的話語說出口，尤其是訴說愛情的低語。

或許雙親的確是打從心底擔心洛琪希，然而這份心意並沒有傳達給她。無法傳達給不會使用米格路德族特殊能力的她。

這一點，讓洛琪希感到很寂寞。

繼續待在這裡只會徒增心酸，也只會再度確認自己是個不成材的米格路德族。

這樣想的洛琪希決定不要長期滯留，打算立刻動身。

「妳要走了？」

「是。」

「至少住個一晚。」

「不，我正在趕路，只是繞過來一下。」

看到父親臉上露出擔心的表情，洛琪希面無表情地搖了搖頭。

「下次什麼時候回來？」

「我也不確定，或許再也不會回來了。」

洛琪希老實回答。

於是連父親身旁的母親也一臉擔心。

「洛琪希……至少二十年要回來一次。」

「這個嘛……」

洛琪希含糊回應。

「……或許五十年內會回來吧。」

「真的嗎？約好了喔？」

「嗯。」

洛琪希以不明確的態度點點頭後，母親突然流下淚水。

「啊……媽媽……？」

「哎呀，真是抱歉。我原本想說不可以哭，實在不好意思。」

看到母親的淚水，洛琪希內心有什麼被打動了。

她不由自主地抱住母親。

於是，父親也把她和母親一起抱住。

這時，洛琪希終於明白。話語並不能代表一切。

結果，她在村裡住了三天。

過了久違的放鬆生活。

★　★　★

「Dead End 的飼主」的真實身分其實就是魯迪烏斯．格雷拉特。

洛琪希花了一些時間，才總算接受這個事實。

一行人來到魔大陸，為了尋求魯迪烏斯的情報而不斷往北移動。越靠近北方，就越有機會打聽到魯迪烏斯這個名字。

洛琪希心想已經接近了。

然而同時，她也覺得有點不太對勁。

因為獲得「假 Dead End」的情報時，總是會同時獲得目擊魯迪烏斯的情報。所以旅途中塔爾韓德曾多次指出，即使認定「能無詠唱使出魔術的人族少年」與「假 Dead End 的飼主」是同一個人，應該也不算是過於誇大的推論。

不，其實洛琪希打從一開始就已經察覺。她只是不想承認自己沒有注意到這點而和魯迪烏斯不巧錯過。

然而，來到利卡里斯鎮之後，洛琪希終於不得不承認。

兩年前發生的「Dead End」事件。

過去隊友諾克巴拉的證詞。

還有故鄉雙親的證言——統合所有情報後，洛琪希終於承認。

「Dead End 的飼主」就是魯迪烏斯。

現在，洛琪希和諾克巴拉正一起坐在酒館裡吃飯。

打聽魯迪烏斯的消息時，諾克巴拉表現出難以啟口的態度。

看樣子他似乎轉行去做了什麼不可告人的行業。

以洛琪希來說，她並不打算針對這點指責諾克巴拉。畢竟在魔大陸上，那也是無可奈何的選擇。

「是嗎……布雷茲死了嗎……」

「嗯，聽說他被赤食大蛇給整個吞下。」

洛琪希離開魔大陸數年。

彼此應該有很多話想說，實際上說出口的卻都是些往事。

洛琪希閉上雙眼，回想關於布雷茲的事情。

他擁有類似豬的長相，口氣很嗆，每次洛琪希犯錯就會破口大罵，卻不是一個討人厭的傢伙。作為一個戰士，他是很可靠的隊友。

聽說在他去世之前，已經成長為能率領B級冒險者隊伍的老手。

在魔大陸上，擔任B級冒險者隊伍的隊長。

洛琪希覺得那個愛諷刺人的傢伙真是了不起，不過他取的隊伍名稱居然叫作Super Blaze。命名的品味似乎還是跟以前一樣。

聽說讓這種老手隊伍全滅的魔物，後來被隊伍成立沒多久的魯迪烏斯他們打倒了。才剛開始冒險，立刻成功討伐A級魔物。

這是以前的洛琪希無論如何都不可能辦到的事情。

然而，這也很有魯迪烏斯的風格。洛琪希微微一笑。

「洛琪希，妳改變很多了呢。」

諾克巴拉啜飲著魔大陸特有的烈酒，喃喃說了這句話。

洛琪希望著杯中水面映出的自己倒影，心想真的是那樣嗎？

「我自己看不出來……」

「不，妳變成熟很多。」

「這話是什麼意思？是把我當笨蛋嗎？」

和諾克巴拉他們一起冒險的時候，洛琪希的外表已經是米格路德族的成年人。在那之後，體型等方面都沒有明顯變化。洛琪希很清楚自己根本沒有改變。

「我沒有把妳當笨蛋啦。該怎麼說，是氣質變了吧？以前的妳更幼稚。」

「因為我只是外表沒有改變，但是有努力過活啊。」

洛琪希一邊回答，一邊吃著下酒用的炒豆子。

這個豆子是石魔木的種子。根據洛琪希的味覺，她並不覺得好吃。只是，她依舊不由自主地一口接著一口。有種會讓人上癮的味道。

「就是那種地方變了。過去，妳總是拚命想讓別人把自己當成大人看待吧？如果是以前的妳，大概已經因為我剛才那句話而心花怒放了。」

「是那樣嗎？……說得也是，我的確有過那樣的時期。」

那是洛琪希還不懂何謂自知之明的時期。

因為不想被周圍的人當成小孩，也不願遭人小看，以前的她一直努力奮鬥。

甚至吹噓自己是魔術師，沒有不擅長的屬性，而且無所不能。

曾幾何時評價已經翻轉，只有名聲不受控制地越來越響亮。

到了現在，總是差點被人硬塞一些辦不到的難題。

話說回來，即使是在魔大陸上，只要洛琪希表示自己是魯迪烏斯的師傅，對方都會非常驚訝。

聽說魯迪烏斯動不動就宣傳「一切都要感謝師傅的教誨」。

託他的福，連洛琪希都被視為能夠無詠唱施展魔術。明明她根本不可能辦到那種事。

洛琪希心想，以前痛罵過自己的師傅也是這種心情嗎？

如果真是那樣，這是該反省自己有錯的部分。

師傅因為徒弟過於優秀而感到煩惱。除非實際站上那種立場，否則無法體會。

一方面引以為傲，同時也會感到慚愧。

然而很不可思議的是，現在的洛琪希並不想要求魯迪烏斯別稱呼自己為師傅。

因為魯迪烏斯沒有聽從吩咐，到處宣傳洛琪希是師傅的這個事實，讓她真的感到很高興。

「諾克巴拉都沒有改變呢。」

「是嗎？」

「嗯，除了外表以外都沒變。」

特別貪財又總是找弱者下手，這些都跟以前一樣。

過去，洛琪希曾經多次覺得只有諾克巴拉是自己不想與之為敵的人。

「那算什麼，妳是在拐著彎罵我變老了嗎？」

「也可以這樣說呢，你的確是變老了。」

「原來妳的嘴巴現在變這麼厲害了啊。」

諾克巴拉哼了兩聲，露出帶著嘲諷的笑容。

「真讓人懷念……」

「是啊。」

當時，這裡還有另外兩人。

一個是不管諾克巴拉說什麼都會跟他槓上的少年；另一個是每次大家吵架就會面帶無奈，但還是出面勸解的少年。

那兩人已經離世，剩下兩名中年人。

而且基本上，其中一個人根據種族特性，其實並不算是年紀很大……

過去的時光再也不會回來。

那天，兩人一直開心聊著往事，直到諾克巴拉醉倒為止。

雙親和以前的舊識。

光是能見到這些人，回到此處的行動就有意義。

因為這種想法，讓洛琪希的內心感到非常充實。

★ ★ ★

魯迪烏斯現在是不是已經到達米里希昂了呢？

彼此是在溫恩港錯過，之後過了半年。

雖說正好碰上雨季，但聖劍大道是一條什麼都沒有的道路。只要他們沒有繞往長耳族或礦坑族的聚落，那麼應該已經到達米里希昂。

果然沒有必要尋找他的下落。正如保羅的留言所說，魯迪烏斯不會有問題。有個名叫艾莉絲的女孩也一起遭到轉移，魯迪烏斯就是帶著那女孩，輕輕鬆鬆地越過魔大陸。

一般來說應該會在某處遭遇挫折，他卻如此輕鬆乾脆地解決。

甚至還在途中讓洛琪希非常懼怕的斯佩路德族成為伙伴。

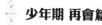

「洛琪希的徒弟真是優秀。」

「沒錯，真不敢相信那是保羅的兒子。」

塔爾韓德和艾莉娜麗潔也這樣稱讚魯迪烏斯。

然而洛琪希認為，魯迪烏斯能辦到這些事，跟他是哪個人的徒弟或什麼人的兒子根本無關。因為魯迪烏斯在遇上自己之前就已經是個天才。就算他沒有認識自己，還是可以得出這種水準的成果吧。

總之，先把這些事情放一邊去。

「接下來要怎麼辦？」

聽到艾莉娜麗潔的提問，洛琪希開始思考。原本的目標是魯迪烏斯，但他恐怕已經到達米里希昂。

洛琪希的確很想見他，但是不可以弄錯目的。

「去探尋魔大陸的西北地區吧。」

雖然已經確定魯迪烏斯的下落，不過依然沒有找到另外三人。

至今為止的路程中，曾經碰上好幾個出身於菲托亞領地的難民。

那麼，西北地區應該也有難民吧。

「不去見一下徒弟真的好嗎？」

「沒關係。」

對於塔爾韓德問的這個問題，洛琪希搖頭回應。

首先，要是魯迪烏斯知道自己沒注意到他才會錯過，根本沒臉見面。

更何況自己身為師傅，原本就已經覺得無地自處。

「魔大陸還有很多城鎮。我們就按照先前那樣，一個個前去確認吧。」

兩人彼此對看，嘻嘻一笑。

洛琪希・米格路迪亞的旅程將會繼續。

外傳二 ◎ 「龍肉七星燒」

外傳一 「龍肉七星燒」

東部港。

這裡是王龍王國的領土，也是世界上最大的港都。

雖然使用的語言相同，然而店名和氛圍都和米里斯神聖國有些不同。

只是對我來說，這裡已經是第四個港口城鎮，再怎麼說也不會感到新奇。因此我們下船之後，就像是例行公事般地開始尋找旅社。

這時，艾莉絲突然開口：

「有個好香的味道。」

講到好香的味道，是指艾莉絲剛訓練完後，脖子附近會散發出的那種味道嗎？

我一邊這樣想一邊用力吸氣，原來如此，的確不知道從哪裡傳來一股似乎很好吃的香味。

仔細一看太陽已經高高掛起，肚子也大唱空城計。

「肚子餓了呢。」

「是啊……」

艾莉絲點點頭。

她的視線前方，有一家看起來應該是香味來源的餐館。

餐館的外表很糟糕。

磚瓦砌成的牆壁七零八落，甚至還有凹洞。木製的看板既骯髒又已經磨損，讓人無法辨別出上面的文字。門上的鉸鏈鬆脫，似乎隨時會掉下來。與其說是餐館，反而更適合形容成廢屋。

然而，從那裡傳出來的香味卻是真貨。

這味道撲鼻而來，儘管欠缺勾起食欲的香味，但是卻讓人懷念，緊緊抓住了我的胃。

「要進去嗎？」

聽到瑞傑路德的提問後，我才猛然回神。

原來自己的腳已經不由自主地被引向這家餐館。

「……嗯，有什麼問題嗎？」

「你總是說要找外觀漂亮的店比較好吧？」

我也覺得自己說過那種話。

不過，那是指在魔大陸上的情況。

在魔大陸上，外表漂亮與否會直接關係到料理的水準。

有時候會因為這種選擇標準而找到超級好吃的店……總而言之，如果是平常的我，應該不會光顧眼前這種地方吧。

然而不知道為什麼，這間店就是讓我感到很在意。

「偶爾試試也無所謂吧？」

「好吧，你說好就好……」

兩人追了上來，像是要跟隨我。

我推開發出恐怖嘎吱聲音的大門，進入店內之後，裡面果然也很骯髒。

不，骯髒這種形容並不恰當。

應該評論為還算有保持一間餐館應有的清潔水準。

只是真的很破爛。

椅子缺腳，桌面有裂痕，甚至地板上還開了洞。

當然，沒看到其他客人。

「被我們包場呢。」

艾莉絲似乎很開心地這樣說道。

對於一間餐館在午飯時間卻沒有客人的狀況，她好像並不覺得有什麼問題。

我雖然感到不安，然而不知為何，期待感更勝於不安感。

「歡迎光臨……」

我們找個位子坐下後，一個活像骸骨的男子拿了菜單過來。

這個人是老闆嗎？

話說回來，這張臉真是陰沉。

雖然一看就知道生意不興隆，不過在客人面前，起碼該面帶笑容吧。

「魯迪烏斯，我看還是別試了比較好吧？」

難得瑞傑路德會說這種話。

但是，不可以用外表來判斷他人。

「別這樣嘛，說不定味道很好啊。」

聽到我這麼回答，骸骨男帶著苦笑打開菜單。

菜單上寫著兩種餐點。

・龍肉七星燒。

・燉煮阿爾巴魚。

在米里希昂的餐廳，可以選擇的餐點通常在十種以上。

就算是不把多樣化作為賣點的酒館，能選的餐點也還比較多。

相較之下，這間餐館的種類真的很少，不過價錢便宜，還是別計較吧。

「幾位要點哪一種呢？」

肉或魚嗎？

阿爾巴魚是可以在南方海域中捕到的魚。

也是這一帶經常食用的魚類，我有在西部港嚐過。雖然寫著燉煮，但這裡應該是指類似石狩鍋的濃湯吧？是在王龍王國經常能吃到的代表性料理之一。

相較之下，另一種餐點叫作龍肉七星燒。

我沒聽過這名詞。

王龍王國附近有一座王龍山脈，正如其名，山裡棲息著名叫王龍的龍。

據說那好像是能操控重力的龍……這料理是使用了王龍的肉嗎？

或者是很相似的其他生物……？

還有「七星燒」。

這是第一次聽到的調理方式。不過呢，我並不清楚這世界的料理。

或許在王龍王國是很普及的方式吧。

不管怎麼樣，引起了我的興趣。

「我要選肉。」

「我也是。」

「那麼就這個龍肉來三份。」

三個肉食動物點完餐之後，骸骨男默默地走向廚房深處。

當然，沒有水可以喝。

這世界的餐館基本上不提供那類服務。

所以，我用土魔術來製作出杯子，裝滿水以後分給另外兩人。

這是所謂的自助式。

只要順便加上幾顆冰塊，就能成為讓走累的身體消除疲勞的清涼劑。

「魯迪烏斯，再來一杯。」

艾莉絲一口氣就把冰水大口喝乾，嘎哩嘎哩咬碎冰塊，然後把杯子遞給我。

我一邊說著：「好啦好啦真拿妳沒辦法」，一邊幫她加水。

如果在外面，我會叫艾莉絲自己使用魔術，然而目前在室內。

總不能任由她沒控制好魔術然後把整間店給淹了。

「…………」

至於瑞傑路德還是跟平常一樣，一小口一小口喝著。

這個人吃飯很快，但不會一口氣把飲料喝乾。

「看樣子這個港口沒有什麼特別的情報。」

「是啊，我是想再看看這裡的劍，但是儘快前往下個城鎮或許比較好。」

畢竟這個王龍王國是因為那種理由才繁榮起來，所以販賣著大量刀劍。

連一般的攤位也展示了整排的刀劍。

看到這景象的艾莉絲本來興奮得兩眼放光，但似乎很快就發現那些商品都是些用來欺騙初學者的破銅爛鐵。

艾莉絲用劍的實力雖然已經很高明，但是眼力方面似乎還要多多磨練。

這也當然。

「打擾啦！」

我們正在閒聊，店門突然「磅！」地打開。

一個看起來惡形惡狀的男子穿著鞋毫不客氣地闖進店內。

不，因為這世界沒有脫鞋的習慣，其實我自己也穿著鞋。（註：日文中穿著鞋闖入有未經許可擅闖的意思，所以魯迪這裡才會一直強調穿鞋）

聽到這聲音，骸骨男從廚房深處走了出來。

「夏加爾……」

「藍道夫，我今天一定要聽到正面回應！」

「不管你來多少次，我的回應都不會改變。請你離開吧。」

「哼！這種沒人光顧的店，你打算堅持多久？」

「這是祖先代代傳下來的店……當然，會堅持到我死為止……」

聽到這句話，讓我大略推測出這間店的狀況。

簡而言之，就是經營困難。我想這間餐館肯定是靠著借錢勉強支撐吧。

至於那個活像流氓的傢伙，大概是土地投資商之類。

「請等一下……今天有客人。」

「什麼有客人……嗯？還真的有，真是難得。」

「只要有一個客人，我就不會放棄。」

「哼！」

惡形惡狀的男子哼笑一聲，在附近的椅子坐下。

骸骨男沒有理會他，自行回到廚房。
看來很辛苦呢。
雖然搞不太清楚狀況，不過要是東西好吃，就幫忙宣傳一下好了。
「那傢伙在看我們這邊。」
「……」
「等一下，魯迪烏斯，我看不到他啊。」
我覺得艾莉絲要是被瞪很有可能抓狂，所以把她的眼睛遮住。
因為這場面不該用拳頭處理，而是該用料理來解決。
啊，快住手啊艾莉絲，不要抓住我的手腕！我的手會斷掉！會斷掉啊！
「讓各位久等了。」
我正在和艾莉絲打鬧，這時老闆把餐點送上桌。
看到餐點的樣子，讓我瞪大雙眼。
「這是……！」
龍肉七星燒。
這餐點分為三個部分。
第一個部分是湯，透明的蔬菜湯，只看一眼就知道能享受到清爽的口味。
這還無關緊要，重點是另外兩部分。

首先，位於左邊的是我來到這世界後從來不曾目睹的主食。

白銀的帝王——白米。

不對。要說是白米，這顏色有點奇怪。大概不只有白米，還混合了其他幾種穀物吧，也就是雜糧飯。大概是因為太久沒看到米，讓我有點看錯了。

不過，我還在想好像有種讓人懷念的味道，原來是這個。

煮飯時會散發出來的那種味道，難怪我的身體會因為懷念而受到吸引。

好啦，最後的部分。

呈現完美微焦黃金色的這東西無論怎麼看都是……

日式炸肉。

換句話說，雖然湯並不是味噌湯，飯也不是白米飯。

但是這個餐點正是「日式炸肉定食」。

「太棒了！」

「你怎麼了……？」

看到我把手撐在桌上不斷發抖，艾莉絲露出疑惑表情。

「不……沒什麼。」

沒想到連這個世界也有日式炸肉……這是來自上天的賞賜嗎？
那個人神似乎總算明白我到底在追求什麼事物。
好，吃吧！立刻吃吧，趕快吃吧！
我合起雙掌，對天地與眾精靈們祈禱。
「我開動了。」
由於沒有筷子，我利用叉子把雜糧飯放進嘴裡。
「嗚啊啊啊……」
淚水奪眶而出。
生前，我就是一個對白米愛到無可救藥的人。
尤其是快要進入三十歲關頭時，我已經毫無忌憚地直接宣言只要有白飯就沒問題，而且一天還吃掉將近三公斤的白米。
要是和當時吃的白飯相比，這個雜糧飯只有一句話可以形容，那就是難吃。
若以日本的口味排行來算，連C級都搆不上。
但是，這還是米。米就是米。
出生至今，我到現在才第一次實際感受到……米無貴賤。
「魯……魯迪烏斯……你怎麼了？」
「沒事，我沒事。」

我就像是好不容易從西伯利亞回到日本的二戰戰俘，流著眼淚吃飯。

每咬下一口，都可以嚐到米的味道。

哎呀這樣不行。飯量並不是很多，所以必須配菜來吃。

於是我把興趣移到炸肉上。

用叉子刺起炸肉，放進嘴裡。

「嗚喔！」

米帶來的感動瞬間消失。

直接講結論，這玩意兒雖然是用炸的，但卻不是日式炸肉。

首先表皮溼軟又有油臭味，肉也又柴又硬。

咬越多次，肉的腥味和油的臭味就會越占據鼻腔深處。

讓人反胃。

「…………」

我產生一股怒意。

這種東西……

要我用這種東西來配飯吃嗎？

不，如果是米，無論有多少我都吃得下。要是有鹽巴那就更好。

白米和鹽巴，這樣就夠了。只要有這些，我的武士就能夠戰鬥。

然而我內心裡有難以言喻的怒火。這個炸肉，是對白米的褻瀆。

「叫老闆娘來！」

★★★

面對帶著戰戰兢兢表情來到桌邊的老闆，我從值得稱讚的部分開始講起。

首先，湯可以合格。

味道類似清湯的這個鹽味蔬菜湯莫名適合用來搭配獨特的五穀米。

甚至到了只有飯配湯就能讓人覺得十分足夠的地步。

是一碗可以感受到廚師手藝的湯。

而且，煮飯的方法也合格。

無論是水的分量還是火力大小，大概都算是剛好。

是專家的味道，每一粒米都在感動啜泣。

還差一點，只要連水質也能更講究，應該可以打個滿分吧。

如果對方希望，我甚至可以贈送以百萬噸為單位的魯迪烏斯牌好水。

因為我精心製作出來的水可比一般的井水好喝的多。

先稱讚完這些部分，我才針對炸肉——七星燒嚴格批評。

把這玩意兒罵到體無完膚。

這不是人吃的東西，居然讓付錢的客人吃這種玩意兒。你是知道我就是Dead End的魯迪烏斯才拿出這種東西嗎！沒想到我居然遭到如此輕視！

就這樣，我模仿某個美食俱樂部主宰，對老闆大發雷霆。（註：前面的發言和這裡的美食俱樂部主宰都是來自漫畫《美味大挑戰》裡的海原雄山）

我也不明白為什麼自己如此生氣。

或許只是因為肚子太餓。艾莉絲和瑞傑路德也感到難以接受，最後是他們兩人動手把我拖出這間店。

講得有點太過分了。

雖然我對米飯的愛就是深厚到如此地步……但顯然還是太過火。

明明只是外行人，我卻一時得意忘形。

這個世界沒有生前世界的那些材料。

就連用來炸肉的油，也不可能有什麼高級貨。

這次讓我知道這世界有拿配菜搭白飯一起吃的文化，也存在著乾炸這種調理方式。光是這樣就已經是不可多得的幸運，我到底為什麼會氣成這樣？

在即將被拖出餐館之前，我看到老闆整個人縮成一團，眼角帶著淚光。

沒想到自己這麼不成熟。

我得好好反省才行。

★老闆觀點★

餐館生意欠佳。

已經好幾年都門可羅雀。即使偶爾有客人初次上門，他們也不會再回來光顧，只有負債的金額越堆越高。

到了今天，居然慘遭客人狠狠指責。

例如要使用更高溫的油才行；或是無法把水分鎖在肉裡就沒有意義；還有必須先把肉處理成鹹甜口味後才能沾粉油炸，否則根本行不通等等。

最後對方甚至指出：「而且最基本的問題，是在選肉的時候就犯了錯」。

可是，龍肉是本店傳承數百年的傳統。

就算客人對這種最根本的原則不滿意，也實在無法解決。

「哎呀，真是嚇我一跳啊……」

我正在煩惱，一名外表活像個盜賊的男子對我搭話。

他叫夏加爾．加爾岡帝斯。

是這幾年以來一直糾纏我的傢伙。

「不過這下你應該徹底明白了吧？你的料理只有會被那種小鬼嫌棄的水準。」

夏加爾一如往常，臉上掛著討人厭的笑容。

明明只要擺出認真表情就可以看出他的長相還算英俊，腦袋大概也不差。

而且只要去到適當的地點，會有好幾十個部下對他低頭行禮。

他卻偏偏要打扮成這種很無腦的外表，還擺出這種惹人嫌的笑容。

或許這是一種偽裝吧。

「嗯……但是……」

「我能體會你想要守住代代相傳老店的心情，但是啊，你這人沒有經商的才能，也沒有保護這家店的力量。」

聽到對方毫不留情的發言，胸中感到一陣刺痛。

他說得對，我不只欠缺經商的才能，甚至連料理的才能也不具備。

畢竟連那樣的小孩都不認為我的料理好吃，想必相當糟糕。

「可是，你擁有其他更專精的才能。人總是有擅長跟不擅長的事情，沒錯吧？」

「是啊……」

這下我也不得不點頭同意。

已經到此為止了……這種意識占滿整個腦袋。

「也罷，我就把店收起來吧。」

創業兩百五十年。在自己這一代，要讓自古傳承至今的老店結束營業。

今後的人生，就揹著這個恥辱繼續活下去吧。

我如此決定。

這一天。

王龍王國的大將軍夏加爾．加爾岡帝斯成功招攬到某個人物。

七大列強第四位的「死神」，藍道夫．馬利安。

面對長年的招聘也堅決不願應允的他，為什麼會在某一天突然接受夏加爾的邀請？

沒有多少人知曉其中內情。

無職轉生

到了異世界就拿出真本事

外傳二 「愛麗兒之死」

我名叫古斯塔夫。

住在阿斯拉王國王都亞爾斯一角，是個吝嗇的情報販子。

雖然吝嗇，但我卻自認技巧高明，甚至膽敢誇口只要在阿斯拉王國內發生，沒有自己無法調查清楚的事情。

有一天，某個謠言傳進我的耳裡。

「為了留學而前往拉諾亞魔法大學的第二公主愛麗兒在途中遇襲遭到殺害，犯人不明」。

聰明的我立刻看出這個謠言是愛麗兒公主的敵人，格拉維爾王子放出來的消息。

愛麗兒公主是以留學為名目，在短短一個月以前離開王都。

當初的送行儀式並不盛大。

理由是因為愛麗兒公主廣受王都民眾的愛戴，一旦舉行大規模的送別遊行，場面將會難以控制，因此她悄悄出發。

包括隨從在內，這次隨行的護衛人數是十七人。以公主的護衛來說是少了點，然而以「本國最瀟灑的男人」聞名於世的路克．諾托斯．格雷拉特，以及「沉默的菲茲」等特別顯眼的人物都在護衛名單當中，因此立刻被我的情報網捕捉到消息。

不過即使沒有得到消息，王都內也已經盛傳愛麗兒公主是因為在政爭中落敗才會遭到流放。

在這種情況下，又出現這種謠言。

如果愛麗兒公主真的遭到殺害，情報傳開的速度算是相當快。

有人目擊到犯人的情況還可以另當別論，問題是犯人不明，情報來源也不明。

明明欠缺可信度，情報的流傳速度卻過於快速，這就是背後有人在操作的證據。

那麼，身為情報販子的我雖然很想揭發這事件的真相，然而萬一被那些想必有在操控情報，擅長耍弄奸計的王宮貴族們盯上，可不是有趣的事情。

關於這事件，就堅持不清楚也不調查的立場吧。

我原本如此決定，然而情報開始擴散出去後沒過多久，有個人物前來拜訪。

身為優秀情報販子的我當然知道對方是誰。

是愛麗兒派的首魁，皮列蒙．諾托斯．格雷拉特的手下，主要負責管理情報的人物。

當然對方有易容，而且也用了假名，然而對我來說根本白費力氣。

他一開始把我視為可疑分子，還擺出盛氣凌人的態度，等我點破他的真面目後，才立刻低頭道歉並提出委託內容。

「我希望你能幫忙確認愛麗兒公主的生死。」

聽到這句話，讓我大吃一驚。

因為我沒料想到愛麗兒派的人士居然沒有掌握到公主的行蹤，甚至處於連公主是否平安都

不清楚的狀態。哎呀，即使聰明如我，原來也會有不知道的事情。

原先已決定不要調查這件事……不過最後我還是承接了這個委託。

你問我為什麼？

那當然是因為報酬優渥。

★★★

收集情報的工作，從追尋愛麗兒公主的足跡開始。

愛麗兒公主離開王都後，直直朝北方前進。

拉諾亞王國位於北方，因此可以判斷公主並沒有放出要去魔法大學留學的假情報，實際上逃往其他方向。

我一邊追蹤愛麗兒公主的足跡一邊收集情報後，發現公主途中受到追殺。

因為有情報顯示，在愛麗兒公主經過某地的那段時期前後，有人目擊到可疑的黑衣人集團。

而且從獲得這項目擊情報的地點到下個城鎮之間，愛麗兒公主的護衛人數減少了。

不過，這是能夠預想到的狀況。

如果愛麗兒公主可以無憂無慮地旅行，愛麗兒派的人士自然也不會那麼慌張地想確認她是否平安。

即使沿途一一失去護衛，愛麗兒公主還是按照進度確實往北移動。

最後在護衛只剩十人的狀況下，她終於到達北方的國境關卡。

阿斯拉王國的北方國境。

被稱為赤龍上顎的溪谷南方有一片森林，而關卡就坐落於彷彿能封鎖森林的關鍵位置。

在那邊，我成功取得有力的證詞。

有一個人還牢記著愛麗兒公主造訪關卡時的狀況。

★出國管理官史麥里・加特林的證詞★

那一天，我的心中充滿不平情緒。

算了，其實幾乎每天都感到不滿啦。

畢竟當時的我甚至認定這份工作不適合自己。

咦？你問我是什麼樣的工作？

就是些很無聊的工作。

對於來自國內的旅人，要確認對方的通行證，根據情況，有時候還必須檢查對方是否有夾帶走私物品。不過基本上，會來到這種地方的人大部分都是想和北方交易的怪胎商人，或是冒

險者以及傭兵一類。

大部分的商人都有通行證，冒險者則是可以拿冒險者卡片直接當成通行證使用。

傭兵團和沒有通行證的旅人必須重新接受發行通行證的審核，不過這部分不是我的工作。只要交給其他管理官就好。除非是太誇張的罪犯，一般來說都可以立刻拿到通行證吧。

畢竟在阿斯拉王國，比起出國的旅人，想進入阿斯拉國內的人占了壓倒性的多數。

是啦，遇上那些企圖利用偽造通行證闖越國境的罪犯時，阻止他們也可以說是我的工作。只是一旦動刀動槍就與我無關了，會交給士兵們處理。

然而正如我先前所說，除非是犯下什麼很嚴重的罪行，否則出國用的通行證很簡單就能入手。至於那些無法取得通行證的重罪犯會遭到通緝，而遭到通緝的惡徒根本不會前來關卡，大概會去拜託走私組織吧。

另外，我的工作也不包括找出與消滅走私集團。

所以是非常無聊，沒有絲毫成就感的工作。

無論我多麼努力也不會獲得任何人的肯定，一想到自己是不是要在這裡終老一輩子，這工作就只會讓愁悶感不斷累積。

而且我和那些一起工作的士兵們之間，交情也不能說是多好。

因為我認為他們只是些笨蛋，而士兵們則覺得我是只會出一張嘴的瘦竹竿。我想指揮系統不同也是彼此交惡的原因之一吧。

那時候的我真心認為，自己畢業於榮耀的王都貴族學院，原本並不是該待在這種邊境的人才，想必有更適合我的工作。

愛麗兒公主……大概是在正午剛過的時間到達關卡吧。

一行人包括一輛可承載兩人的豪華馬車，以及周圍步行的七名護衛。

加上馬車伕一人，再推測馬車內有兩人的話，總共有十人。

我一開始還以為是哪個貴族前來遊山玩水。

然而此處是國境，再往前就是外國。而且還是被稱為北方大地，會下雪與出現魔物的危險地帶。

儘管也不是沒有貴族會前往他國旅行，但最少會有三輛馬車，以及二十人以上的護衛。

如果是高層級的強大冒險者，或許人數不多也沒有問題，然而這一行人很難說是每個人都孔武有力。的確每一個成員都穿著旅行用的裝備，然而要說是護衛，卻有看起來顯然很虛弱的成員，還有那種似乎不太習慣旅行的人。

於是我開始推論如果不是要遊山玩水，那麼這些人的目的是不是這國境關卡本身呢？

例如有可能是哪個偉大貴族偷偷跑來視察。

總之，我先按照平常的慣例行動。

「請讓我檢查通行證。」

「好。」

回應我的人，是站在最前面的青年。

即使以我的審美觀，也能看出這青年是個美男子，不過他臉上浮現強烈的疲勞神色，眼睛周遭也帶著黑眼圈。

我就是在這時候感覺到狀況似乎有點不對勁。

但是基本上，他們的通行證沒有問題，是阿斯拉王國發行的真正通行證。通行證上的承認章來自諾托斯家，完全找不到任何可疑之處。

如果是平常，我應該會立刻放他們通過。

可是，這男子的長相實在讓我莫名介意，我總覺得自己應該在哪裡見過他。

現在回想起來，那個人正是愛麗兒公主的護衛騎士，路克·諾托斯·格雷拉特本人。只是我不曾近距離看過他，所以當時無法回想起來。

另外，我基於職業病，碰上感到不對勁的旅人時都會先擋下對方。

畢竟會被我記住的長相，通常都來自通緝犯的畫像嘛。

「很抱歉，是否能讓我確認一下馬車內部呢？」

一聽到我這句話，站在關卡內的士兵們立刻有好幾人展開行動，幫忙擋住出口。儘管交情不好，畢竟這是他們的職務。

為了因應他們的動作，守住馬車的護衛也有好幾個人露出帶有危機感的表情並擺出架勢。

這些人果然是通緝犯嗎？當我也提高警戒時，一臉疲勞的青年搖了搖頭。

「因為有些緣故，無法表白真實身分。」

當然，這種理由不可能被接受。

我要求無論如何都必須讓我們檢查馬車內部後，青年的臉部扭曲成疾首蹙額的表情。

其他幾個人……那幾個習慣旅行的人也滿臉緊張，把手放到腰間的劍上。根據他們的動作，雖然還算不上是熟練的高手，不過依舊能感覺到歷經過多場戰鬥的氣勢。

尤其是站在青年後方不遠處的人物，那個身材比較矮小的白髮少年很恐怖。他手上的武器是剛學會初級魔術時能得到的初學者用小型魔杖，卻已經宛如身經百戰的老手那般讓人找不出破綻，還可以從他身上窺見讓人膽顫的魄力。

那應該就是傳言中的「沉默的菲茲」吧。老實說，這是我第一次覺得年紀好像還不到自己一半的小孩子很可怕。

根據經驗，我可以預料到這場戰鬥打下去會造成相當嚴重的損害。所以我不確定到底該不該命令周圍士兵立刻拿下這些人，還是該怎麼做才對。

才剛猶豫了一瞬間，馬車裡就傳出聲音。

「路克，快住手。」

那聲音帶給我的耳朵一種非常舒服的衝擊，也讓我的腦髓立刻融化。

是一種帶有魔性，會讓人想要一直聽下去的聲音。

我過去曾經聽過，這聲音還留存在自己的記憶裡。

那是十年前在王都學院的畢業典禮上，為了向第一名的畢業生表達祝賀而只會出現一次的發言。但是我當然不可能忘記，因為那是讓人絕對會一輩子記住的聲音。

我忘不了那個當時甚至讓幾乎所有在場的畢業生都深感後悔，心想：「自己要是有更用功拿到第一名該有多好」的聲音。

「他們只是忠實執行自己的職務而已。」

在馬車門打開的那瞬間，我感覺到自己的背脊一震。

同樣，這身影也讓人絕對不可能忘記。

我從未忘記在那場畢業典禮上，以貴賓之一的身分前來參加的幼小公主的身影。

也從未忘記那種彷彿從內心深處湧上的感動，覺得自己即將是為這一位效力，為這王國服務，值得自豪的國民之一。

當然不可能會遺忘。

「請……請饒恕在下的冒犯！」

看到當年就美麗到讓人覺得簡直會失明的金髮公主以更美麗的身影出現在我面前，我立刻屈膝跪下。

毫無疑問，眼前這位正是阿斯拉王國第二公主愛麗兒·阿涅摩伊·阿斯拉。

她積極參加市政活動，也和市民站在同一邊，是王室裡最受愛戴的人物。

士兵們當中大概也有很多人遠遠看過公主吧。但是能隔著這種彷彿可以碰觸到對方的距離看到她，想必對在場所有人都是頭一遭的經驗。

「各位沒有必要這樣做。我記得有法律規定，在關卡時除非是特殊狀況，否則可以不必下跪。」

公主邊說邊走下馬車。

周圍的士兵們像是受到我的影響，幾乎全部跪著。

然而正如同公主所言，關卡的士兵們除非碰上特殊事態，否則沒有必要跪下。

雖然我不清楚理由，不過從以前就是這樣規定。

實際上，我個人的確從來不曾下跪，也是第一次看到在場的士兵們這樣做。而且至今為止，也沒有因此受過責備。

只是我們還是跪下來對著愛麗兒公主低頭敬禮，就像是在表示所謂的沒有必要，就代表這種行為並非受到禁止。

因為我們就是認為，無論如何都必須這樣做。

「愛……愛麗兒公主殿下……基……基於職務，在下必須向您確認……那個……您為何會帶著少數護衛駕臨此處的關卡呢？」

「你什麼都沒有聽說嗎？」

我已經料想到背後有某些隱情。

聽到這句回答後，我翻找記憶，突然回想起大約一個月前的往事。

這處關卡的最高負責人當然不是我，也不是我直屬主管的上級管理官大人，而是最靠近此處的驛站城鎮鎮長，也就是貴族。

他一個月也不會來個一次，不過要是有什麼事情，就會前來此處並下達命令。

之前的命令在我的腦中重新響起。

「說不定過了幾個月之後，會有某位高貴人士經過這裡。」

聽到高貴人士，我推測會是那種率領幾十輛馬車和許多隨從的大陣仗隊伍。

因此，直到像這樣見到愛麗兒公主之前，我都沒能回想起那件事。

「我聽說過，或許會有高貴人士經過這裡……」

「只有這樣嗎？」

這句反問讓當時的回憶清清楚楚地在我的腦海中復甦。

沒錯，貴族的確說過以下這種話：

「那位高貴人士恐怕是想越過國境，逃往北方吧。但是，你們絕對不能讓對方通過。要想辦法以各種理由刁難，把對方擋在國境附近的驛站城鎮裡好幾天。」

不可以放行，要在這裡擋下。

換句話說那命令是在表示，愛麗兒公主將死在此地。

我並不是第一次從上司那邊收到這樣的命令。

經常有在王都闖了什麼禍的貴族逃來這裡，每次碰上那種案例，就會送來類似的命令。如果命令是「讓對方通過」，那麼貴族就可以順利逃往北方；然而如果命令是「不准讓對方通過」，那個貴族就會在國境外的那片森林裡失蹤。

儘管出身於王都，不過我其實是個平民。

對王宮貴族之間的派系鬥爭不甚清楚。

話雖如此，至少我知道那些貴族們在王宮裡進行著醜陋的政權鬥爭。

就算是我，也能理解要讓對方是死是活的選擇標準並不是意圖謀財，更不會是亂數決定。

換句話說，是要看對方與身為這關卡負責人的上司貴族是否屬於同一派系。

所以我自然而然地察覺到，看樣子這位美麗的公主殿下是輸給上司的派系，所以才要逃走。

「……」

「怎麼了？快點回答我。」

我思考了一會。

在這種狀況下，要換上笑容滿面的表情然後說出：「不，沒什麼，只有吩咐我要鄭重其事地讓那位高貴人士通過而已。但是各位的通行證上有少許不完備之處，所以必須再稍作確認，能麻煩您明天再來嗎？」是很簡單的事。因為我過去一向是這樣處理。要故意刁難並阻止他們，對我來說根本是小事一樁。

然而，我內心湧上懷疑「那樣做真的沒問題嗎？」的心情。
還起了省察自身到底是為了什麼才在這種國境工作的的念頭。
無論如何我都不能宣稱自己是為了保護國家。
因為工作中，我從來不曾想過這樣是在「為了國家」。
不過就算是這樣的我，也只有唯一一次產生過類似的念頭。
那就是先前曾經提過的，見到愛麗兒公主的那場畢業典禮。
我在那一天確實是有「我是為這位大人效命的榮耀王國的一分子」的想法。
既然現在我已經回想起這件事，對於是否真的要眼睜睜地看著面前這個還沒有多大年紀的公主遇害而見死不救的問題，立刻就得出結論。
根本不需要猶豫。
「我收到命令，要我在此擋下那位高貴人士，並想辦法讓對方停留在驛站城鎮數日。」
這句話說出口的瞬間，護衛們的氣勢有了明顯變化。
只有愛麗兒公主還是以平靜態度開口反問：
「是這樣嗎？那麼，你打算怎麼做呢？」
「……什麼也不做。」
「你不打算盡到自己的職責嗎？無論是多麼無法理解的命令，要是不乖乖遵從，或許你會因此腦袋落地喔。」

面對愛麗兒公主那帶有威嚴的態度，我輕笑一聲。

「這個嘛，您說的命令是指什麼事情呢？據在下所知，所謂的『高貴人士』並不會像這樣只帶著一輛寒酸馬車和不到十人的護衛前往他國。」

「哦？」

「在我面前只有一個不知名姓，態度卻莫名囂張的小姑娘而已……那麼大小姐，可以重新請教您尊姓大名嗎？」

愛麗兒公主似乎也很愉快地面帶笑容回答。

說不定她只是在享受與我演的這場鬧劇。

「我名叫愛麗兒．卡納路薩。別看我這樣，我可是下級貴族的獨生女喔。」

「那麼，愛麗兒．卡納路薩小姐，請問妳為何要前往北方？」

「要去拉諾亞魔法大學留學。」

「是這樣嗎？通行證沒有任何不完備之處，請通過吧。祝一路順風。」

「謝謝妳。」

愛麗兒公主以大概只有王族才會這樣做的優雅動作行禮，然後回到馬車上。

馬車伕驅馬前進，護衛們則帶著因為過於意外而有點傻掉的表情開始移動。

「好了，下一位……」

我正打算叫下一個旅人過來，突然注意到集中在自己身上的視線。

無數的視線，幾乎所有在這房間裡的士兵都瞪著我。

我心想自己是不是太衝動了。

在場的人們都是忠於職責的士兵。他們和我不一樣，在王都受過那種必須放棄思考遵從長官的訓練，是一群無能的戰士。

以現場來說，基本上這些人算是我的部下，但畢竟是隸屬於不同部門的人們。

或者，也許他們已經直接從上司那邊收到「不可以讓愛麗兒通過」的命令。

沒有遵守命令而必須受到責罰的對象也包括他們在內。

這些士兵應該也能想像到愛麗兒第二公主這種身分的人會是派系的領導人吧。畢竟對於上司來說，這是絕對不想放過的最重要敵人，即使情報已經事先徹底傳達到基層，其實也沒什麼好奇怪。

現在既然已經放她逃走，那麼包括我在內，就算在場所有人都被砍頭，當然也可以說是很正常的後果。

我已有所覺悟，在事情走漏出去之前，為了讓士兵至少能稍微解恨，要隨便他們痛打自己一頓。

因為是我個人決定要放走愛麗兒公主。

當我做好心理準備時，士兵中的一人慢慢靠了過來。

對方的肩膀寬度恐怕是我的三倍，是在場士兵們的隊長。

他舉起又大又硬，感覺跟平底鍋沒兩樣的手掌，往我身上用力一拍。

我原本以為自己的身體會打散，結果幾乎不會痛，只是因為衝擊力而往前踏了一步。

「幹得不錯嘛。」

隊長才這樣說完，房間裡的士兵們都高舉起拳頭。

還有人吹起口哨。

後來我才知道，原來在這關卡裡的士兵幾乎全都是愛麗兒公主的支持者。

也就是說，愛麗兒公主也有出席士兵們的畢業典禮。

雖然大部分的人都只是曾接受過愛麗兒公主的一句慰勞，不過我的情況也差不多。所以這句話很乾脆地就被大家接受。

「史麥里中級管理官大人！我們也因為被派往這種邊境而失去幹勁，不過今天真是久違的爽快！我說，大家也是吧！」

「沒錯沒錯！」

「你今天記得來驛站城鎮裡的酒館一趟！由我來請客！」

隊長又拍了我背後一下，讓我產生一種很不可思議的心情。

今天早上我還覺得「這些傢伙跟自己是不同種人」。

還認為他們不可能對王族抱有敬意，只是一群粗魯又無法學習的傢伙。

然而，原來沒有這種事。

這些傢伙跟我一樣，被外派到這種邊境，被命令要聽從討厭傢伙的指示，雖然滿心鬱悶還是確實工作。

一察覺到這一點……該怎麼說，我突然感到自己的工作似乎有種值得自豪之處。

在這次事件後，我和士兵們的交情沒有惡化，每天都愉快地工作。

這一切都要歸功於愛麗兒公主殿下。

那位大人只不過是通過了關卡，就讓這裡成為和平的地方。

※之後，由於史麥里中級管理官滔滔不絕地敘述他對愛麗兒公主是多麼的景仰敬愛，只能忍痛省略。

★

★

★

好啦。

儘管講完正事後，史麥里中級管理官那些讚頌愛麗兒公主的發言聽起來也頗為有趣，然而我想知道的重點不是這個。

「請問有沒有一身黑衣的男子追著愛麗兒公主通過關卡？」

提出這問題後，史麥里中級管理官露出沉重表情。

「那應該……不能說是追兵吧。」

「這話的意思是？」

「後來我才聽說在愛麗兒公主到來的約三天前，也就是我排休的日子，有一群可疑的集團通過關卡。」

原來如此。

意思是追兵們提早通過關卡，在前方埋伏愛麗兒公主。

「如果我知道這件事，起碼可以警告一聲……現在只能祈禱公主殿下能平安無事。」

「這樣啊，真是謝謝你的情報。」

看樣子史麥里中級管理官似乎不知道愛麗兒公主已經死亡的傳言。

那個謠言的起源果然是王都吧。

不過，我還不會光靠這些話就判別愛麗兒公主的生死。

我決定繼續收集情報。

因為只有目前得知的內容還無法達成委託。

我去找其他管理官和士兵們交談，後來又移動到驛站城鎮，到處找尋對關卡似乎比較清楚的人打探消息。

通過關卡之後，愛麗兒公主到底怎麼樣了？

是否有成功穿越森林？還是沒能離開森林，如同謠言所說那般，已經遭到殺害？

我在驛站城鎮裡來回奔波，四處探訪知情人物的結果……

實力堅強的我成功見到一名年輕的行商，並問出他的證詞。

★行商布魯諾的證詞★

那天，我和往常一樣正在把商品運往阿斯拉王國。

我通過赤龍上顎，走向龍鬚裡那條沒有岔路直直往前的道路後……咦？噢，這附近的人都是用龍鬚來稱呼北方的森林。不過我也不知道是哪個人開始這樣叫。

然後商品……呃，那時候是在運送什麼？應該是北方大地才能取得的毛皮之類吧。

人數？只有我一個人。

護衛？沒護衛，你覺得我看起來像是有錢請護衛的人嗎？

而且我自己頗有實力。儘管看起來是這副德性，但我曾經在劍之聖地修行過喔。

呃……剛剛講到哪裡？

對了，就是在龍鬚裡移動時的事情。

我還帶著好伙伴羅賓森。咦？你問我羅賓森現在在哪裡？在馬廄啊，不過牠是隻驢子。

總之，我和那傢伙一起移動。

那時的心情很好。因為生意做得很順利，差不多快存到能購買馬車的資金。即使只是驢子也拉得動的小型馬車，能搬運的商品數量也會大幅增加。所以我真的很高興。

不過，這時我突然聽到道路前方有打鬥聲。

而且還傳來一種似乎充滿危險的氣氛。

因為我是自己一個人往來經商，自認對這種氣氛特別敏感。

避開危險是最重要的事情。

話雖如此，路就只有這一條。可是又不能回頭，所以我帶著羅賓森一起走入森林，打算從旁邊繞過去。

我也知道應該丟下驢子才是比較聰明的選擇，但畢竟牠是我重要的伙伴。要是被丟下後遭到魔物襲擊，那可糟糕了。

就這樣，我和羅賓森在森林裡躲躲藏藏地前進。

打鬥聲越來越大，也慢慢可以聽見人類的吼叫聲。羅賓森雖然很害怕，但長年以來都同甘共苦的我就陪在牠身邊，因此沒有發出驚嚇叫聲而是靜靜移動。

什麼？不必講這麼多開場白，趕快告訴你現場的狀況？

你這傢伙怎麼這麼急性子……算了。

現場啊……躲在草叢裡的我看到的東西是馬車。不是太大的馬車，包括馬車伕在內，頂

多只能乘坐三人吧。雖然是使用一匹馬來拉的尺寸，卻用了兩匹馬。大概是特別訂製的馬車吧……你問我為什麼這麼清楚？那還用說，是因為我也想買馬車啊，買那種驢子也拉得動的馬車。那時候我有聽馬車店的商人說明過……好啦，知道了啦，別露出那麼恐怖的表情。是是是，不離題了。

我只看一眼，就知道那輛馬車受到襲擊。

畢竟馬車本身已經橫向倒下，周圍有看起來像是護衛的人正在和一群黑衣男子交戰。

黑衣人那邊有七人，護衛則是四人。已經有馬車的護衛……不，大概是隨從吧。總之已經有兩個人倒在地上。馬車附近有四名女性正在發抖，我猜那些女性就是被護衛的對象吧。

不過，黑衣人並非占了優勢。

畢竟他們那邊被打倒的人更多。

倒在地上的黑衣人，隨便算算應該都超過十人吧。

我看到這景象時覺得很不以為然。居然派這麼弱的傢伙負責襲擊，下令的人是白痴嗎？

但是我錯了。

仔細觀察，黑衣人的動作並不差。

反而比護衛們更加高明，雙方差距甚至大到如果是一對一，黑衣人這邊大概絕對不會打輸的地步。

咦？你問我為什麼知道這種事？

我剛剛不是說過了嗎？雖然我看起來是這副模樣，但我對自己的實力有信心。只要看到實際對戰的情況，起碼可以判斷出那些傢伙到底有多強。

所以啦，覺得很奇怪的我忍不住停下腳步，專注地旁觀這場戰鬥。

然後，我發現在護衛中只有一個傢伙的動作相當俐落。

那是個長著一頭白髮，拿著初學者用魔杖的少年。

只有那傢伙的次元和其他人不同。

在劍之聖地成為劍聖或劍王之類的那些傢伙速度都很快，判斷力也很高水準，甚至會讓人忍不住懷疑他們是不是活在和我們不同的時間裡。

那個少年儘管還不到那種程度，但我還是立刻看出他在所謂的狀況判斷能力方面特別出類拔萃。

一注意到同伴快要被擊倒，他立刻會以魔術支援。

而且可能是考量到魔力耗盡的危險，使用的是初級魔術。

那個如神一般的支援可不是想做就辦得到的事情。

除非充分運用腦袋而且還經過訓練，否則無法做出那種行動。

從我的位置聽不到詠唱的聲音，不過說不定那就是所謂的無詠唱。可以省略詠唱直接使出魔術……儘管我沒看過，但原來真的存在。

只是話雖如此。

恐怕黑衣人那邊也在同伴被打倒的過程中適應了這種戰法吧。

再加上護衛們也顯得很疲勞。

雙方僵持的程度恐怕比看起來更緊繃吧。只要哪一邊有任何一人倒下，平衡就會崩壞並導致敗北。我可以察覺出這樣的氣氛。

不過啊，比較有餘力的還是黑衣人那邊。

他們在某一瞬間改變了戰法。恐怕是在行動前互相以眼神示意或是打了某種信號，但是我沒看出來。

至今為止，黑衣人總是維持二對一的狀況，剩下那一人一邊游擊一邊從正面進攻，然而這時他們七個人卻突然全部衝向白髮少年。

護衛……拿劍的另外三人沒辦法即時反應。

只有白髮少年有辦法對應。

他以驚人集中力來即時使出範圍魔術，解決兩名敵人。

黑衣人在此散開，兩人繼續衝向白髮少年，三人跳向躲在馬車角落發抖的那些女性。這是他們掌握剎那的破綻，突破防衛網的瞬間。

即使演變成這種狀況，白髮少年也還在行動。

他完全無視意圖攻擊自己的那兩人，把魔杖朝向往女性那邊移動的黑衣人。很了不起吧，一般來說注意力會被衝向自己的敵人吸走。

那麼，在下一瞬間，幾乎可以說是同時。

首先是白髮少年放出的魔術，這一招波及三名黑衣人中的兩人，幹掉他們。

然後是衝向白髮少年的黑衣人。這些傢伙和為了保護白髮少年而撲過來的兩名護衛同歸於盡。

最後剩下的那個黑衣人從在馬車旁邊擠成一團發抖的那些女性中拉出一個人，砍掉對方的腦袋。只用了一劍。

一秒後，最後一個護衛從後方刺中那個黑衣人。

最後的黑衣人得意地高舉手中的女性頭顱，露出似乎很滿足的表情，然後才斷氣。

恐怕那就是護衛們必須保護的貴族大小姐之類的人物吧。

剩下的五個人都愣住了。

因為同伴死傷慘重，也失去了必須守護的對象，當然會有這種反應。

我確認已經分出勝負後，立刻離開現場。

因為萬一有魔物被血腥味吸引而來就糟了，而且我也討厭有人拜託我做什麼事情。

所以我帶著羅賓森，很迅速地遠離。

★★★

行商布魯諾的情報到此結束。

把他的情報綜合中級管理官史麥里的發言，就表示順利通過關卡的愛麗兒公主在森林中遭到埋伏，經歷激戰後，遭到刺客殺害。

謠言是真相。公主派貴族們的擔憂沒錯，愛麗兒公主已經死了。

不過，還留下一些謎題。

例如活下來的護衛們怎麼樣了？

根據布魯諾的情報，還剩下五個人。

「路克．諾托斯．格雷拉特」是生是死無法確認，但至少「沉默的菲茲」還活著。

也沒有情報顯示外貌格外引人注目的他已經回到王都。

儘管也有可能是因為他使用的回程路線和我探查的路線完全不同，然而他有通過此處國境應該是毫無疑問的事實，既然在那裡沒能獲得情報，果然他還是直接往北前進了嗎？

感覺很有可能。畢竟他護衛愛麗兒公主的任務失敗，哪裡還有臉回來。

或許他是判斷就這樣逃往北方大地會比較好吧。

這是只要越過國境前往北方就能得知的事情……

不過很遺憾，我這個情報販子誇口的主張是：「只要在阿斯拉王國內發生，沒有自己無法調查清楚的事情」。

但我無法調查在阿斯拉王國外發生的事情。

而且，委託人要求我調查的內容是愛麗兒．阿涅摩伊．阿斯拉第二公主的下落。

至於她的護衛，已經超出管轄。

就這樣，我決定回到王都。

對於身為城市人的我來說，實在很難適應國境一帶的生活。

不過，我從行商布魯諾那裡取得北方大地的珍貴酒類，等到工作結束後，就開這玩意兒來享受一杯吧。

★　★　★

報告結束後，愛麗兒派那種失望的樣子真是值得一看。

看到這種平常應該經手更高機密的人，情緒卻因為我這種區區小人物收集到的情報而產生變化，老實說這種感覺真是新鮮。

不管怎樣，已經拿到報酬，我的工作結束了。

今天就靠著他的表情，得到的報酬，還有向布魯諾購買的酒來享受一頓愉快的晚餐吧。

我抱著這種想法，手持酒瓶前往酒館。

向老闆點好下酒菜之後，我悠哉地前往喜歡的位置坐下。可以看清店內狀況的這個座位是我的固定席。

只要坐在這裡豎起耳朵就可以聽清楚酒館中的談話，這也是我的能力之一。靠著這個能力，我不會漏掉任何情報，才能夠以傑出情報販子的身分維持生計。

「話說起來，不久之前好像流傳著公主已經死了的謠言？」

「嗯，真是可惜啊。我是公主的支持者……」

「什麼啊，你真的相信那種謠言喔？」

「不，我當然也不想相信……」

我聽到熱門話題，把臉轉往聲音來向。

是一個體格魁梧的男子，和另一個已經有點年紀的男子，兩人正面對面坐著喝酒。

我想他們一定也不知道真相，是隨著謠言起舞的舞者。一產生這種想法，我的心情就好到不行。這是會讓人覺得幹情報販子這一行真是太棒了的瞬間。

「我啊，是在國境工作。」

「不必特地再講一次，我也知道叔叔你的工作地點啊。我還知道你已經工作二十年，這次是請了長期休假回到王都。」

「喔，你消息還真是靈通啊。那，你知道我在關卡的哪裡工作嗎？」

「這我倒是不知道。」
話題改變，我的興趣也隨之降低。
可以看到老闆正在製作我點的下酒菜。已經夠了吧，那是已經結束的工作。下一個工作，是要找出讓這瓶酒喝起來最美味的方法。
「是瞭望塔。」
然而下一句聽到的話，讓我的注意力從酒再移回男子身上。
「在那個關卡的最高處，設置了用來監視森林出口的望遠用魔道具。我是那邊的隊長。」
「哦？」
「然後啊，在士兵之間，愛麗兒公主通過關卡的事情其實相當有名。我們這些監視部隊也覺得只要能看到公主一眼也好，所以拚命睜大眼睛，努力尋找。」
「後……後來呢，真的看到了嗎？」
「嗯，看得清清楚楚，那是不折不扣的愛麗兒公主。」
我懷疑起自己聽到的言論。
是這個士兵在說謊，還是布魯諾對我說了謊？
不，不可能是那樣，恐怕是因為布魯諾誤會了。其實黑衣人最後殺掉的那個女性，並不是愛麗兒公主本人。
聽說阿斯拉王族擁有能製造出替身的魔道具，大概是利用那類東西，她才得以成功逃過那

場襲擊吧。

換句話說，是我自己草草做出結論才會弄錯。

我把錯誤的情報交給了委託人。

這下不行，我得立刻確認剛剛這番話的真偽，把真相告知委託人才行……！

「……久等了。」

這時，老闆把餐點送上桌。

眼前是冒著熱氣的餐點，還有在王都很難喝到的稀有北方酒。

「算了，也沒關係。」

我讓已經離開椅子的身體又重新往下坐好。

如果愛麗兒公主真的還活著，而且前往拉諾亞魔法大學留學的話，不消多久，真相就會在世上流傳開來吧。

萬一對方要求我退還報酬可就傷腦筋了，我想自己還是暫時離開王都吧。

只是話又說回來，沒想到瞭望塔的士兵有看到愛麗兒公主的身影……哎呀，即使聰明如我，原來也會有不知道的事情。

來自情報販子古斯塔夫的錯誤情報。

因為這樣，愛麗兒派的首席貴族皮列蒙・諾托斯・格雷拉特被迫要做出一個艱辛的選擇，
而且還被逼上絕路……但這是隔了更久一段時間之後的故事。

保羅

人物設定草案

保羅

嘎－－！！

人物設定草案
諾倫

艾莉娜麗潔

塔爾韓德

人物設定草案
塔爾韓德&艾莉娜麗潔

國家圖書館出版品預行編目資料

無職轉生：到了異世界就拿出真本事 / 理不尽な孫の手作；羅尉揚譯. -- 初版. -- 臺北市：臺灣角川, 2016.09-
冊；　公分
譯自：無職転生：異世界行ったら本気だす
ISBN 978-986-473-285-2(第5冊：平裝)

861.57　　105014286

Kadokawa Fantastic Novels

無職轉生～到了異世界就拿出真本事～ 5

（原著名：無職転生～異世界行ったら本気だす～ 5）

2016年9月22日 初版第1刷發行
2024年4月12日 初版第9刷發行

作　者：理不尽な孫の手
插　畫：シロタカ
譯　者：羅尉揚

發 行 人：台灣角川股份有限公司
總　監：呂慧君
總 編 輯：蔡佩芬、朱哲成
設計指導：陳晞叡
印　務：李明修（主任）、張加恩（主任）、張凱棋

發 行 所：台灣角川股份有限公司
地　址：104台北市中山區松江路223號3樓
電　話：（02）2515-3000
傳　真：（02）2515-0033
網　址：www.kadokawa.com.tw
劃撥帳戶：台灣角川股份有限公司
劃撥帳號：19487412
法律顧問：有澤法律事務所
製　版：巨茂科技印刷有限公司
ISBN：978-986-473-285-2